町奉行内与力奮闘記五

宣戦の烽《のろし》

上田秀人

幻冬舎時代小説文庫

町奉行内与力奮闘記五

宣戦の烽《のろし》

目次

●江戸幕府の職制における江戸町奉行の位置

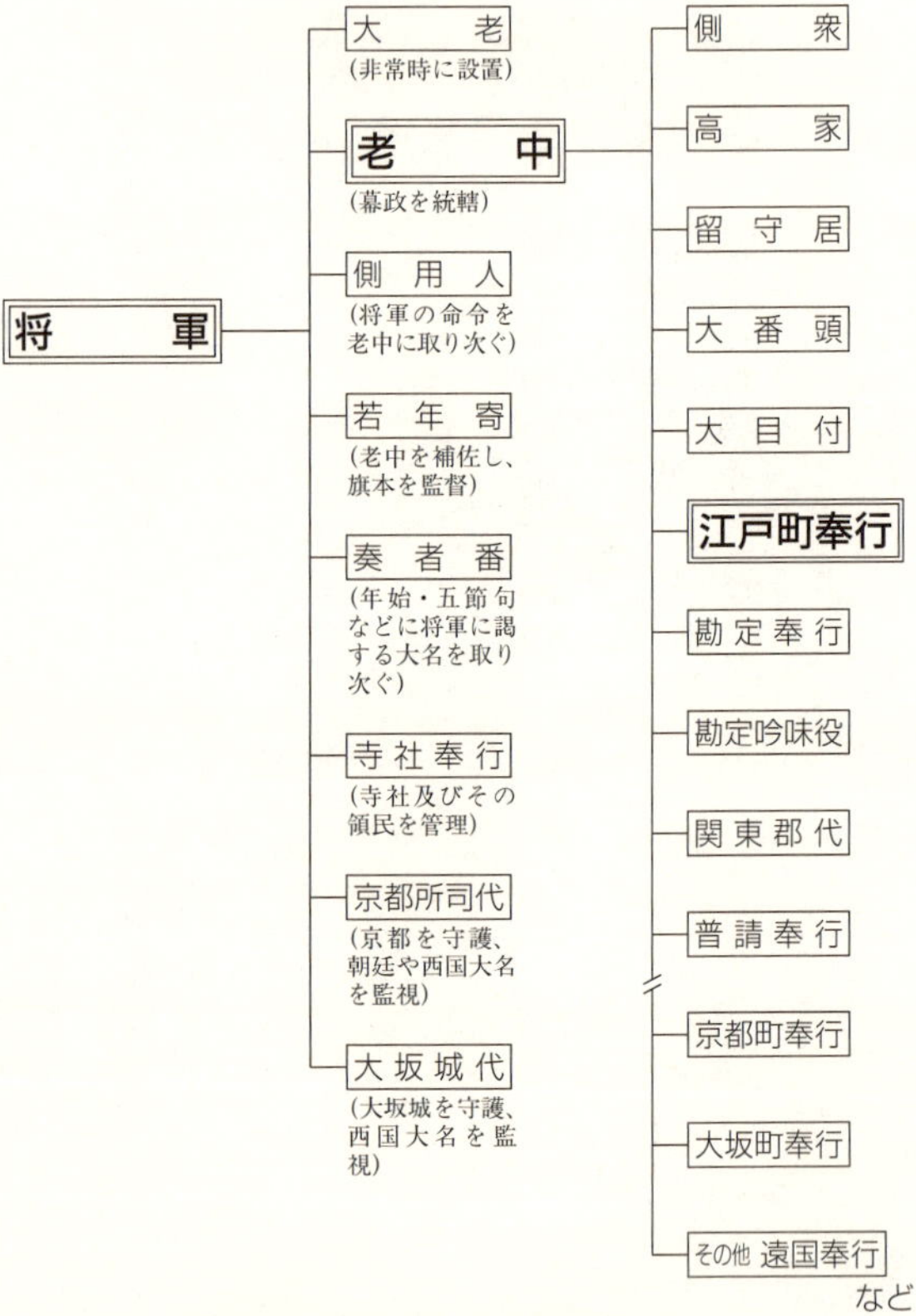

※江戸町奉行の職権は強大。花形の役職ゆえに、その席はたえず狙われており、失策を犯せば左遷、解任の可能性も。

●内与力は究極の板挟みの苦労を味わう！

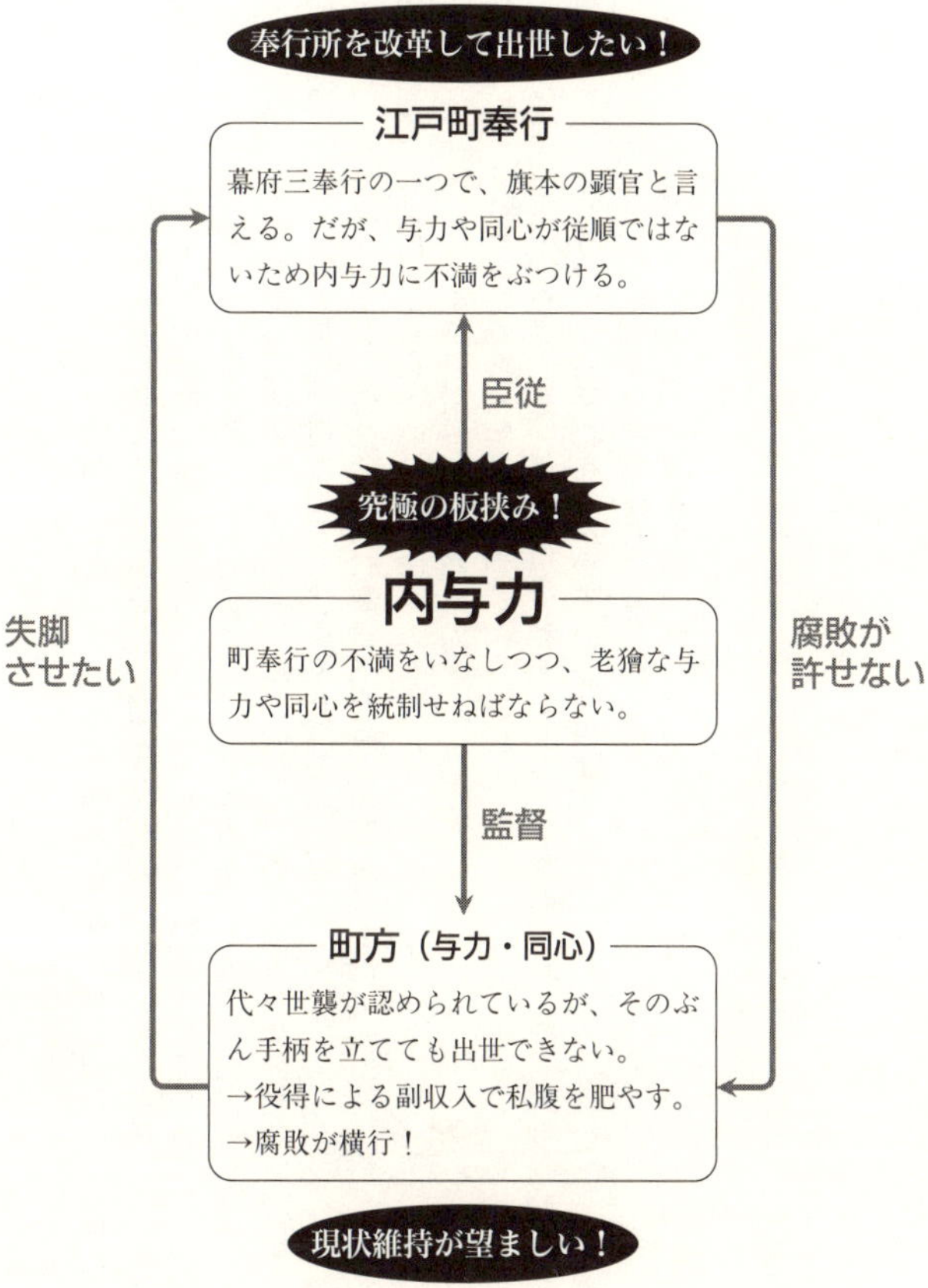
奉行所を改革して出世したい！
江戸町奉行
幕府三奉行の一つで、旗本の顕官と言える。だが、与力や同心が従順ではないため内与力に不満をぶつける。
臣従
究極の板挟み！
内与力
町奉行の不満をいなしつつ、老獪な与力や同心を統制せねばならない。
失脚させたい
腐敗が許せない
監督
町方（与力・同心）
代々世襲が認められているが、そのぶん手柄を立てても出世できない。
→役得による副収入で私腹を肥やす。
→腐敗が横行！
現状維持が望ましい！

【主要登場人物】

城見亨　本書の主人公。曲淵甲斐守の家臣。二十四歳と若輩ながら内与力に任ぜられ、忠義と正義の狭間で揺れる日々を過ごす。一刀流の遣い手でもある。

曲淵甲斐守景漸　四十五歳の若さで幕府三奉行の一つである江戸北町奉行を任せられた能吏。厳格なだけでなく柔軟にものごとに対応できるが、そのぶん出世欲も旺盛。

西咲江　大坂西町奉行所諸色方同心西二之介の長女。歯に衣着せぬ発言が魅力の上方娘。

播磨屋伊右衛門　咲江の大叔父。日本橋で三代続く老舗の酒問屋。

伊兵衛　咲江の祖父・得兵衛が営む海産物問屋・西海屋の手代。

牧野大隅守成賢　江戸南町奉行。

竹林一栄　江戸北町奉行所*吟味方筆頭与力。

左中居作吾　江戸北町奉行所*年番方与力。

江崎羊太郎　定町廻り同心を何年も務め、若くして実力を認められた臨時廻り同心。

吾妻屋嘉助　竹林一栄から手札を預かっている御用聞き。

陰蔵　江戸のほぼ中央を縄張りにする刺客の棟梁。

竜崎　浪人。剣士として凄腕だが、倫理観が欠落している。

お羊　陰蔵の配下。

巳吉　陰蔵の配下。

*吟味方与力　白州に出される前の罪人の取り調べなどを担当する。

*年番方与力　奉行所内の実務全般を取り仕切る。

第一章　決意のとき

一

江戸で店を続けていくのは難しい。顧客が付くまで、商店というのは赤字との縁が切れない。また、長くやっていれば客が付くというものでもなく、なにかしら同業の店よりも優れたところがなければやっていけなかった。

まさに生き馬の目を抜くと言われる江戸の町で店を続けていくだけでなく、大店《おおだな》と呼ばれるようになるには、相当の努力、運、そして世の裏を見抜く目が要《い》った。

「……そうかい。よく報《しら》せてくれたね。これは少ないが草鞋金《わらじがね》だよ」

播磨屋伊右衛門《はりまやいえもん》が、小判を十枚出した。

「こ、こんなに」

話を持ちこんだ中年の男が目を剝《む》いた。

「日向屋《ひゅうがや》さんのお話はいつも役に立ってますし、なにより今度は、大切な姪娘《めいご》のこと。これでも少ないと思っております」

当然の対価だと播磨屋伊右衛門が首を横に振った。

「陰蔵《かげぞう》ねえ」

「危ない野郎でございます。本人は表に出て参りませんが、いくつもの賭場《とば》を持ち、そこに出入りする無頼《ぶらい》や、浪人ものを思うがままに遣《つか》う。そのうえ、御上《おかみ》との付き合いもありますので、訴え出たところでどうにもできない」

難しい顔で日向屋と呼ばれた中年の男が語った。

「その陰蔵がうちの咲江《さきえ》を狙っている」

「さようで。わたくしのところの若いのが耳にしやした。播磨屋さんのところに出入りしている若い武家娘をさらう仕事をする者を集めていると」

確認した播磨屋伊右衛門に、日向屋がうなずいた。

「咲江は大坂町奉行所同心《どうしん》の娘ですよ。それをさらうなど、御上に逆らうも同じ。いかに陰蔵とかいう男でも、無事ではすみますまいに」

播磨屋伊右衛門が首をかしげた。

「御上の手を気にしなくていいあたりからの頼みごとじゃないかと」

「…………」

日向屋の言葉に、播磨屋伊右衛門が黙った。

「思いあたる節がおありのようでございますな」

「ああ。あるねえ」

播磨屋伊右衛門が首を縦に振った。

「…………」

日向屋はそれ以上問わなかった。知っていいことならば、播磨屋伊右衛門が話す。そうでないというのは、知られたくないということなのだ。余計な口出し、好奇心は上客を失うことに繫《つな》がると、日向屋は理解していた。

「日向屋さん。仲裁屋のお仕事をなさるには、顔が広くなければいけませんな」

「仰せのとおりでございますな。他人さまのもめ事に口を突っこみ、双方が納得してくださるところで話をまとめる。それには、いろいろな方のお知恵を借りなければなりませんので」

日向屋が胸を張った。

仲裁屋とは、商家のもめ事をまとめる商売である。仲人屋《なこうど》、まとめ屋などとも呼ばれ、町奉行所へ持ち出すほどでもないことがらを扱う。店子と大家の家賃問題、嫁を離縁するときの仲立ち、商品の遣《や》り取りに対しての問題などを解決して、金をもらう。

どのようなところにでも顔を出し口を挟んで、金にしようとすることから鶏口屋《けいこうや》との悪口もある。

日向屋は仲裁屋のなかでは、名の知れた男であった。

「西海屋《せいかい》さんが付けている手代一人では心許《こころもと》ないので、どなたかご紹介をお願いできますか」

「お嬢さまの身のまわりを守るお人を紹介しろと」

「はい。金に糸目は付けませんので、よいお方を」

確かめるように問うた日向屋に、播磨屋伊右衛門が首肯《しゅこう》した。

「表でしょうか、それとも陰で」

日向屋が播磨屋伊右衛門を見た。

「両方とも欲しいね」

「となりますと、かなりの金額が要りようになりますが……」

あっさりと答えた播磨屋伊右衛門に、日向屋が恐る恐る言った。

「多少の金なんぞ、咲江の身には代えられないからね。それに、陰蔵とやらも永遠に咲江を狙えるわけではなかろうし」

警固《けいご》を付けるのも一時のことだと播磨屋伊右衛門が述べた。

「懸賞金を付けたとあれば、いつまでも狙う者は狙いまする」

日向屋が警告を発した。

「なら、陰蔵を片付けてしまえばいいだけでございましょう」

播磨屋伊右衛門が、なんでもないことだと応じた。

「町方《まちかた》は陰蔵への手出しをしません。してもわざと逃がすようにいたしましょう」

形だけの対応しかしないと日向屋が否定した。

「町奉行所だけが町方じゃありませんよ」

「……まさか」

「火付《ひつ》け盗賊改《とうぞくあらた》め方《かた》にお話しするという手もございましょう。火付け盗賊改め方さまは、町奉行さまに根強い反感をお持ちでございますから、うまく煽《あお》れば……」

驚く日向屋に、播磨屋伊右衛門が告げた。

「なるほど……」

日向屋が唸《うな》った。

「まあ、それは最後の手立てでございますな。陰蔵とやらがこちらの言うことを聞くかどうかで」

そこで播磨屋伊右衛門が言葉を切り、じっと日向屋を見つめた。

「…………」

日向屋が目を逸《そ》らした。

「お願いできますな」

播磨屋伊右衛門が、日向屋に任せた。

「その金は手付け。うまくいけば、もう十両差しあげましょう」

「ですが……」

陰蔵との交渉をするようにと言われた日向屋が渋ろうとした。

「知っているんだろう、陰蔵を」

「……………」

指摘された日向屋がふたたび黙った。

「でなきゃ、そんな噂《うわさ》が耳に入るわけなかろう。うちの咲江が狙われているなんぞ、いくら賭場でも他人の耳のあるところでする話じゃない」

冷たい声で播磨屋伊右衛門が続けた。

「陰蔵がわざとうちへ出入りしているおまえさんに聞かせたか、あるいはおまえさんの手下が誘われたか」

「畏《おそ》れ入りました」

日向屋が降参した。

「陰蔵を直接知っているわけではございません。賭場で見かけたことがあるていどでございますが……わたくしの息のかかっている者に、商家の娘を一人さらわないかと」

「珍しいね。そんなまずい話は内々ですませるだろうに」

己の配下でも信用できないのが、無頼である。顔見知りていどの者を使うくらいならば、慣れている配下にさせたほうが安全であった。

「それが、陰蔵の手下だけにやらせると、娘さんの……」

言いにくそうに日向屋が口ごもった。

「乱暴されるというのかい」

播磨屋伊右衛門の声に怒気が含まれた。

「陰蔵の手下はまともな連中じゃありません。女と見たら、桃割れ髪の子供でも平気で犯すような奴《やつ》ばかりなんで」

日向屋が首を横に振った。

「ほう、おまえさんのところは、しつけが行き届いていると」

「ご勘弁ください」

嘲笑《ちょうしょう》するような播磨屋伊右衛門に、日向屋が頭《こうべ》を垂れた。

「その声がかかった者は、有名な陰間《かげま》好きなのでございまして」

「ああ、そういうことかい。陰間好きなら女に手出しはしない」

日向屋の説明に播磨屋伊右衛門が納得した。

陰間とは男妾《だんしょう》のことだ。若い前髪を結った男が、女のように化粧をし、派手な小《こ》袖《そで》に若衆袴《わかしゅうばかま》を身に付けて、客の相手をする。

「遊女の真《まこと》は晦日《みそか》の月だが、若衆の真は星のごとく」

こういった軽口があるほど、遊客の人気は高い。ちなみに晦日は毎月の末で、月陰暦ではかならず新月になることから、ありえないとの意味になる。星は月が出ていない闇夜でも、探せばかならず見つかることから、客の努力次第だとの比喩であった。

「咲江をさらっても身を汚す気はない……人質だね」

すぐに播磨屋伊右衛門が意図を見抜いた。

「そこが奇妙なんでございますよ」

開き直ったのか日向屋が疑問を口にした。

「なにがだい」

「陰蔵は、無道を専門とする者で、生かして人を捕まえたという話を一度も聞いたことがございません」

日向屋が述べた。

「無道……刺客屋か」

播磨屋伊右衛門が、嫌な顔をした。

「その陰蔵が、人をさらうか。これは依頼した者のつごうだろうね」

「はい」

播磨屋伊右衛門の推測に日向屋が同意した。

「……これを」

さらに五両、播磨屋伊右衛門が出した。

「その裏も調べておくれ」

「やれるだけはやってみますが……」

日向屋が二の足を踏んだ。

「危ないとわかればそこまででいいよ。わかっただけで文句は言わないから」

それでもいいと播磨屋伊右衛門が、認めた。

「では、早速に」

一礼して日向屋が出ていった。

「どれ、咲江に釘《くぎ》を刺しておかなければいけませんね。警固の人が来るまで出歩かないようにと」

播磨屋伊右衛門が奉公人を呼ぼうと手を叩《たた》いた。

「はい」

女中が顔を出した。

「咲江をここへ」

「ただちに」

指示を受けた女中が下がっていった。

「さて、もう一手打ってきましょう」

播磨屋伊右衛門が、独りごちた。

二

曲淵甲斐守景漸《まがりぶちかいのかみかげつぐ》は、神田の次郎《じろう》と浪人者の死体を検分させた。

「身許《みもと》を証《あか》すようなものは、何一つございません」

検死に慣れた吟味方与力《ぎんみかたよりき》が、ひとしきり城見亭《しろみとおる》を襲った浪人の死体を検《あらた》めて報告した。

「着物の襟、差し料の鞘《さや》のなかなどはどうだ」

検分に立ち会っていた曲淵甲斐守が問うた。

「襟にはなんの手触りもございませんでした」

着物の襟を解《ほど》き、そこに薄い紙を忍ばせるのは、古くからおこなわれている密書の隠し方であった。それくらいわかっていなければ、吟味方与力は務まらない。ぬかりはないと吟味方与力が首を横に振った。

「鞘は今……」

身元不明の死人が出た場合、その遺品は町奉行所に保管される。当たり前のことだが、永遠にではなく、一定の期間だけである。この期間も定められてはいなかった。

期間を決めてしまうと、食べものや犬、馬などの生きものだと困ることになる。腐っては周りに迷惑をかけるし、生きものは餌代《えさだい》などが嵩《かさ》む。

もともと身許が知れない者など、まともであるはずはない。行商人や田舎から江戸へ奉公先を求めてきた者などは、手形を持っている。その手形さえない死人など、まず引き取り手は出てこない。

第一、身元不明の死体が出たという報せは、世間へなされないのだ。行方不明人の身内が、たまに問い合わせてくるくらいで、町奉行所はいっさい探索をおこなわない。殺されたのでもなければ、死体はさっさと無縁仏として寺へ送られ、残るのは状況を示した書付が数枚と、遺品だけになる。

では、引き取り手のない遺品はどうなるのか。町奉行所に属する小者《こもの》たちの余得になる。適当な時期に商人を呼び、売り払い、それを小者たちで分け合う。

当然、売りものに傷が付いては、値打ちが下がる。小汚い衣服など屑《くず》にしかならないが、太刀《たち》ともなればなまくらでも一両やそこらにはなる。もっとも鞘や鍔《つば》などの拵《こしら》えが傷んでいると、その分安く買いたたかれる。

事情を知っている与力は、あえて鞘を見逃していた。

「さっさといたせ」

曲淵甲斐守が急《せ》かした。

「はっ。おい、灯《あか》りを」

怒鳴りつけられた吟味方与力が、小者に命じた。

「注意せい」

灯りを持って近づいてきた小者へ警告して、吟味方与力が浪人の太刀を抜いた。

「ほう」

「これは」

浪人の差し料とは思えないほど、太刀は手入れされた立派なものであった。

曲淵甲斐守と吟味方与力が感嘆の声をあげた。

「かなりの業物《わざもの》だな。やはりただの浪人ではない」

一人で曲淵甲斐守が納得していた。

「目釘《めくぎ》を外しまする」

断って吟味方与力が、柄《つか》を取った。

「銘はございませぬ」

吟味方与力が首を左右に振った。

刀匠は基本、己の打った太刀の中子《なかご》に銘を入れる。その銘で太刀の持ち主へたどり着くこともできたが、今回は無理であった。

「灯りをこちらへ」

太刀を置いて、鞘を持った吟味方与力が小者に手元を照らすように指図した。

「……なにもなさそうじゃな」

鯉口《こいぐち》から灯りを入れて、なかを見た吟味方与力が、なにもないと告げた。

「そんなことで奥まで見えるか。貸せ」

曲淵甲斐守が手を伸ばした。

「あっ」

鞘を奪われた吟味方与力が、驚いた。

「ここか」

鞘の鐺《こじり》を外し、鯉口の輪も取る。曲淵甲斐守は鞘の鯉口をじっと見つめてうなずいた。

「な、なにを」

吟味方与力が顔色を変えた。

「こうすれば、よいだけじゃ」

曲淵甲斐守が、鞘を床に叩きつけた。鞘が二つに割れた。

「ああっ」

見ていた小者が落胆の声を漏らした。

「ふん」

鼻を鳴らしながら、曲淵甲斐守が割れた鞘を拾いあげた。

「隠し紙などはないか……」

鞘のなかにはなにもなかった。

「書き込みもない」

曲淵甲斐守が二つに割れた鞘の両側を確認した。

刀の鞘は納める太刀の反りに合わせて削った木を二つ合わせて作る。太刀に銘を入れない刀匠のなかには、鞘に己の名前や製作年月日を墨書する者もいる。刀匠だけでなく、拵えを担当した鞘師の銘もありえた。

「……………」

あからさまに小者が落胆した。太刀の鞘は割れても修理はきく。新しく作るのは手間だが、割れたのを修復するだけならば、のり付けをして両端、中央に環《かん》を嵌《は》めて外れないように保護すればいい。問題は漆にあった。鞘を腐敗から守るために使われている漆は、防水も兼ねている。割れたところをのり付けしただけでは、剝がれた漆のところから雨水が侵入し、太刀を錆《さ》びさせてしまう。これを防ぐには、一度鞘に塗られている漆を全部剝《は》がし、一からやり直さなければならない。割れ目に胡粉《ごふん》を詰め、上から同じ色の漆を塗って見た目だけをごまかすこともできるが、少し慣れた者ならば、一目で見抜く。

この太刀を売ったところで、鞘の修理代を引かれれば、いくらも残らなかった。

「……よろしゅうございますか」

吟味方与力が曲淵甲斐守に満足したかと訊《き》いた。曲淵甲斐守が八つ当たりで、これ以上鞘を傷めつけては困る。

「待て……灯りを寄こせ」

近づいた吟味方与力を制して、曲淵甲斐守が灯りを要求した。

「はっ」

落胆している小者から灯りを奪った南町奉行所内与力《うちよりき》城見亨が、曲淵甲斐守の見ているあたりを照らした。

「……血だな」

鞘の内側に黒い染みがあった。

「えっ……」

あわてて吟味方与力が覗《のぞ》きこんだ。

「このあたりだと、切っ先の少し下だろうな」

曲淵甲斐守が告げた。

日本刀はその切っ先がもっとも鋭い。ただ、切っ先は鋭すぎて薄く、そこでものを斬《き》ろうとすると欠けてしまうことが多い。欠ければ当然、切れ味は落ちる。

そこで、心得のある者は、切っ先よりも三寸（約九センチメートル）ほど下に力を入れるようにして太刀を遣う。こうすれば、骨に当たっても斬れた。

「やはりまともな浪人ではなかったな」

曲淵甲斐守は興味をなくしたとばかりに、鞘を下に置いた。

「この浪人の人相書きを作れ。似顔絵も付けよ」

「似顔絵もでございますか」

命じられた吟味方与力が目を剝いた。

似顔絵はよほどでなければ作られなかった。五代将軍綱吉のとき、側室お伝《でん》の方の兄が、博打《ばくち》場で御家人に撲殺された。このとき、お伝の方の願いで下手人の似顔絵が作られ、国中に配られたのだが、これはお伝の方の横暴だとして、かなり不評だったほどだ。

似顔絵は、現在逃亡中でまた凶悪な事件を起こすだろう凶賊や謀叛《むほん》を企てて逃げた者などにだけ用意されるもので、死人の身許を探るだけのために描かれるのは極めて異例であった。

「やれと申した」

凍りつくような口調で曲淵甲斐守が吟味方与力へ言った。

「は、た、ただちに」

吟味方与力が震えあがった。

「わかっているだろうが、余がこの死体を見たことを忘れるな。似顔絵ができあがったとき、似ていなかったら……」

じろりと曲淵甲斐守が吟味方与力を睨《にら》んだ。

「しょ、承知いたしております る」

吟味方与力が背筋を伸ばした。

「あと神田の次郎とか申した御用聞きのことも調べろ。どこにどう繫がっていたのか、この刺客をした浪人者とのかかわりを探し出せ」

「…………」

「町方とも言えぬ御用聞きだが、刺客稼業の浪人と付き合いがあり、内与力を殺そうとした。この後始末をそなたが付けるというならば、別だぞ」

返答をしなかった吟味方与力に曲淵甲斐守が述べた。

「板谷《いたや》だったな、神田の次郎へ手札を預けていたのは」

「はい」

確認した曲淵甲斐守に亨はうなずいた。

「板谷を余のもとへ連れてこい」

「わかりましてございまする」

亨が命を受けた。

「もし、板谷が逃げていたら……」

ちらと曲淵甲斐守が吟味方与力を見た。

「一門に繋がる者どもを呼ぶことになる」

「……一門をなぜでございますか。まさか連座をさせるおつもりか」

曲淵甲斐守の言葉に、吟味方与力が反発した。

「まだ逃げたとわかってはおるまいに、いきなり連座の心配か」

「……くっ」

板谷がいないことをわかっていたなと見抜かれた吟味方与力が唇を噛《か》んだ。

「おまえたちのやることは姑息《こそく》すぎる」

曲淵甲斐守があきれた。

「竹林《たけばやし》に申しておけ。板谷が余の前に来ぬかぎり、家督は継がさぬとな」

「それでは、町方同心が一人減りまする」

町奉行所に属している同心は百二十人しかいない。これで江戸の町の司法、行政、治安、火防などの実務をおこなっているのだ。人手はまさにぎりぎりであった。

「役に立たぬあるいは、かえって悪い結果を生み出している。そういった同心も多いようだ。商家に無理強いをするような輩《やから》は、ふさわしくあるまい。このような連中でも町方同心は務まっているのだ。今更、一人や二人、いや、五人、十人減っても変わるまい」

「…………」

嘲《あざけ》りに吟味方与力が言葉を失った。

「さっさと動かぬか。なんなら与力を一人減らしてもよいのだぞ。すでに二人おらぬのだ。三人になったところで、誰も気にせぬ」

与力の定員は二十五人だが、実際は二十三人しかいない。二人分の禄《ろく》を与力たちは、表に出せない金として備蓄、使用していた。

「……わかりましてございまする」

無念の形相《ぎょうそう》で吟味方与力が首肯した。

三

将軍のお膝元《ひざもと》である江戸を預かる町奉行は、旗本の顕職であった。町奉行より格上として大目付《おおめつけ》や留守居などの五千石役もあるが、大目付は目付にその権を奪われて久しく、留守居は将軍が江戸城から出ないかぎり、飾りでしかない。実質の権を持ち、それを存分に振るえるという点からいけば、町奉行が旗本最高位の役目と言えた。

百万と号する城下町を差配するだけに、町奉行は激務なうえに難職である。打ち壊しや盗賊が横行すれば、すぐに責任を負わされる。

非番はなく、町奉行としての任の他に、幕政参画もしなければならない。仕事に慣れるだけでも数年かかると言われ、無事に勤めあげれば加増のうえ、大目付や留守居などへとあがっていく。八代将軍吉宗のもとで南町奉行を務めた大岡越前守忠相《おおおかえちぜんのかみただすけ》のように、一万石の大名として寺社奉行へ栄転することもある。

「甲斐の名門、曲淵をなんとしても大名に」

曲淵甲斐守は、それを夢見て職務に励んでいた。

「甲斐守どの、少しよろしいか」

町奉行は職務として毎朝江戸城へ登り、昼過ぎまで詰めていなければならない。まれに評定所でおこなわれる審議などに同席を命じられることもあるが、これは三手《さんて》がかりと呼ばれるよほど大きなときだけであり、普段は無為にときが過ぎるのを待つしかなかった。

「大隅守《おおすみのかみ》どの、いかがなされた」

声をかけてきたのは、北町奉行である曲淵甲斐守の相役となる南町奉行牧野《まきの》大隅守成賢《しげかた》であった。

「耳にしたのだが……御用聞きが殺されたそうだの」

「……ずいぶんと、お耳が早いことだ」

昨日の今日とまでは言わないが、まだ三日しか経《た》っていない。大番屋でも神田の次郎を検死したときは、曲淵甲斐守もいたのだ。気詰まりだった南町奉行所の与力、同心は外へ出ていき、その場にはいなかった。

「町方のことでござるぞ」

揶揄《やゆ》されたと感じた牧野大隅守が口調を硬くした。

「さようでござったな」

曲淵甲斐守が詫《わ》びた。

「で、それがどうしたと」

確認だけなら、もういいだろうとの意味をこめて、曲淵甲斐守が尋ねた。

「下手人は知れたのでござるか」

「あいにく、まだ」

牧野大隅守の質問に、曲淵甲斐守が首を左右に振った。

三日で下手人を捕らえるなど、よほどのことでもなければ難しい。曲淵甲斐守は萎縮することなく否定した。

「御用聞きといえば、小者にも及ばぬ者でござるが、一応町方の一員と言えましょう。その御用聞きが非道に殺されたのを見過ごしては、我ら町方の名折れでござる」

「…………」

滔々《とうとう》と語る牧野大隅守を曲淵甲斐守は黙って見ていた。

「といたく南町の者どもが気にいたしておりましての。北町だけで手が足りぬならば、我らが動こうとまで申しておりましてな。とはいえ、北町が手がけた一件を、南町が横から取っては、いささか問題になりますゆえ、あらかじめ貴殿にお断りを入れておこうと」

「なるほど、北町奉行所には、下手人を捕まえるだけの力がないだろうから、南町が手を貸してやる。いや、手柄をいただこうと言われる」

牧野大隅守の意図を曲淵甲斐守がかみ砕いた。

「いや、そこまでは……」

露骨に言われて牧野大隅守が焦った。

「お志はありがたいが……」

無礼千万な話であった。曲淵甲斐守には町奉行としての才覚がないと言っているに等しい。断ろうとした曲淵甲斐守が途中で止まった。

「甲斐守どの……」

途中で黙った曲淵甲斐守に、牧野大隅守が怪訝《けげん》な顔をした。

「……折角のお申し出でござる。お願いをいたしましょう」

「へっ」

助力を受けると言った曲淵甲斐守に牧野大隅守がみょうな顔をした。

「御用聞きとはいえ、町方が殺されるなど、御上のご威光にもかかわりまする」

「そこまでの」

制止しようとした牧野大隅守を無視して、曲淵甲斐守が続けた。

「これは町奉行所だけの問題ではござらぬ。早速、ご老中《ろうじゅう》さまへ北町の探索に南町が手を貸すと申しあげて参りましょう」

さっと曲淵甲斐守が立ちあがった。

「あっ、お待ちを」

牧野大隅守が手を差し出したが、曲淵甲斐守は気にせず、待機場所である芙蓉《ふよう》の間を出ていった。

「しまった……」

取り残された牧野大隅守が苦い顔をした。

「筆頭与力が北町を抑えるよい機会だと言うゆえ、甲斐守に申し出てみたが、それを逆手に取られてしまった。これでは、南町は北町の手伝いでしかなくなる。我らが下手人を捕縛したところで、その手柄は北町のものになる」

老中の耳に届いた以上、声高に南町が優れているとは言えなくなった。

幕府は軍事をその根本に置いている。戦場ではいかに配下が手柄を立てようが、その勝利は大将に帰する。今回は北町が主導になり、南町が寄騎《よりき》という形になってしまったため、どのような結果になろうが、すべては曲淵甲斐守に集約された。

「……逆に足を引っ張って、甲斐守の評判を落とすか」

町奉行は元禄時代の一時期を除いて、二人であった。一カ月交替で、江戸の治安や行政を担う。

言わば競争であった。南町がよく犯罪者を捕まえている、北町が町屋の訴訟をうまく裁いていると常に比較されているのだ。

そして、当たり前のことながら、手柄の多い者が出世していく。北町、南町の二人が並んで大目付へなどありえない。

「この度の町奉行は、北町が有能であるな」

二人なのだ。かならず比較される。南町も優秀なのに違いはない。町奉行にまであがるには相当な実力が要る。しかし、それでも比べられてしまう。

結果、北町は大目付へ、南町はそのまま据え置かれて、数年後にお役御免で寄合組入りになる。

北町奉行と、南町奉行はまさに両雄並び立たずの関係であり、今回の一件を隙《すき》と見た牧野大隅守が、曲淵甲斐守へ仕掛けてきたのも当然の行為であった。

「いや、それはまずいな。甲斐守が気づかぬはずはない」

牧野大隅守が首を小さく左右に振った。

曲淵甲斐守は目付から大坂西町奉行を経て、四十五歳の若さで北町奉行に抜擢《ばってき》された能吏である。やはり目付から小普請《こぶしん》奉行、勘定奉行、そして五十五歳でようやく南町奉行になれた牧野大隅守とは出世の仕方が違った。

「まずいな。ここはしっかりと任を果たし、甲斐守に貸しを一つ作るが得策か。しかし、しくじったわ」

　牧野大隅守が嘆息した。

　持ちこんだ弁当を使えば、町奉行の下城時刻になる。

　曲淵甲斐守は駕籠《かご》に揺られて常盤橋《ときわばし》御門内の北町奉行所へと戻った。

「お戻りでござる」

　内玄関番の内与力山上《やまがみ》が声をあげた。

「出迎えご苦労」

　山上へ声をかけて、曲淵甲斐守は内談をするときに使う内詮議所へと入った。内詮議所は、白州に近く与力が罪人を取り調べる様子を町奉行が見る場所でもあった。

「留守中なにかあったか」

　曲淵甲斐守が、奉行所の内政を取り扱う年番方《ねんばんかた》与力筆頭の左中居作吾《さなかいさくご》に問うた。

「格別はなにもございませぬ」

　左中居作吾が首を横に振った。

「そうか。ならば下がってよい」

左中居作吾を下がらせてから、曲淵甲斐守が筆頭与力も兼ねる吟味方与力の竹林一栄《かずえ》を見た。

「そちらはどうだ」

曲淵甲斐守が促した。

「まず、今朝四つごろ、神田明神門前で掏摸《すり》を働いた者を捕縛いたしました。三度目でございましたので、送り状を付けて小伝馬町《こでんまちょう》へ入れましてございまする」

三度目の掏摸は重罪になる。大番屋で取り調べをすることなく、牢屋敷へ送られる慣例であった。

「うむ。他には」

「さほどのものはございませぬ」

竹林一栄が首を左右に振った。

「…………」

じっと曲淵甲斐守が竹林一栄を見つめた。

「……そういえば、似顔絵があがって参りましてございまする」

思い出したように竹林一栄が述べた。

「見せよ」

「手元にございませぬ。すでにあちこちへ配っておりますれば」

竹林一栄がすべて使用してしまったと答えた。

「ずいぶんと手回しのよいことである。褒めてつかわす」

「畏れ入ります る」

称賛した曲淵甲斐守へ、竹林一栄が頭を垂れた。

「で、どこへ配ったのじゃ」

「自身番と名のある寺社の門前番屋に配りましてございまする」

竹林一栄が告げた。

自身番は町内が金を出して維持する番屋で、木戸の管理も兼ねる。町内の事情に精通した自身番が四六時中詰めていた。門前番屋も自身番と同じようなものだが、こちらは寺社奉行の管轄になる。とはいえ、まともな役人もいない寺社奉行では、なにかあったときの対応が不十分なため、門前町は町方とも付き合いをしている。

また、門前町ほど雑多な場所はそうそうなく、人捜しにはよい場所であった。

「見事な手配りである」

もう一度曲淵甲斐守が竹林一栄を讃《たた》えた。

「亨」

「はっ」

不意に曲淵甲斐守が亨を呼んだ。

「近くの自身番へ行き、似顔絵を借りて参れ。余が見たい」

「なにをっ」

曲淵甲斐守の指示に、竹林一栄が驚いた。

「問題でもあるのか」

「い、いえ。そのようなことはございませぬ」

訊いた曲淵甲斐守に、竹林一栄が大きく手を振った。

「ならばよかろう。亨、急げよ」

「ただちに」

命じられた亨が腰をあげた。

「待たれよ」

竹林一栄が制した。

「同心どもにも一枚ずつ持たせております。それを借りて参りましょう。しばし、お待ちを」

奉行所のなかでことはすむと竹林一栄が口にした。

「そうか」

曲淵甲斐守が認めた。

「亨、行け。自身番をいくつか回り、似顔絵が本当に配られたかどうかを見てこい。あと、似顔絵が同じものかどうかも確かめよ」

「承知いたしましてございまする」

手を突いて亨は、内詮議所を出た。

「城見、どこへ行く」

内玄関番の山上が、亨を見とがめた。

「お奉行さまの御用で、少し出て参りまする」

亨が告げた。

奉行所の内与力は、町奉行に任じられた旗本の家臣から若干名選ばれた。町奉行と町方役人の間を取りもつのが主たる任ではあるが、他にも来客の対応、奉行直々の密命などもこなした。禄は幕府から町方与力に与えられている一万石のなかから分け与えられ、そのことから在任中は、曲淵甲斐守のことを殿とは呼ばず、お奉行と称した。

「どのような御用じゃ」

山上が問うた。

「お使いでござる」

たいした用ではないと亨はごまかした。自身番へ行かされるのだ。お使いには違いなかった。

「どこへ、なにをしに」

しつこく山上が訊いてきた。

「さほどのことではありませぬ。急ぎますゆえ、御免」

亨は山上を振り切って内玄関から町奉行所を出た。

「……まちがいない。山上どのは未《いま》だ町方に与《くみ》している」

その怖《おそ》れは前からあった。いや、曲淵甲斐守から指摘もされた。それでも山上は立つところを変えていなかった。でなければ、今回の騒動で山上の対応は、曲淵の家臣としてふさわしい、いや、容認できるものとは言えなかった。

「殿が町奉行から大目付へご出世なされたら、我らは内与力でなくなるというに」

亨はため息を吐《つ》いた。

内与力は町奉行所与力上席とされている。しかし、これはあくまでも仮の身分であり、町奉行所の所属ではなく、籍は曲淵家にある。

内与力の間に得た権などは、曲淵甲斐守が奉行でなくなった瞬間に消え去る。そして亨も山上も、陪臣《ばいしん》に戻るのだ。

「どうなさるおつもりだ。殿は厳しいお方だ」

表向きでは奉行と呼ぶが、内々ではどうしても慣れた殿と言ってしまう。亨は山上の将来は暗いとわかっていた。

四

「さて……」

自身番は町屋にあり、武家地にはなかった。武家地にあるのは、大名や旗本が屋敷を守るために設けている辻番《つじばん》であった。

気の短い曲淵甲斐守である。遅くなれば叱《しか》られてしまうと亨は足を急がせた。

江戸の町は大きく分けて、武家地、寺社地、町人地の三つになる。とはいっても完全に分かれているわけではなく、武家地のなかに商家があったりもするし、町人地の真ん中に大名の下屋敷が鎮座してたりもする。

「貼られていないな」

常盤橋御門を出てまっすぐ進んだ亨は、銀座を左に見ながら、室町《むろまち》へ足を踏み入れ、最初に目に付いた自身番の前で止まり、似顔絵を探して高札《こうさつ》を見上げた。

「……邪魔をする」

「どちらさまで」

声をかけた亨の前に、髪に白いものが交じり始めた男が現れた。

自身番は町内の治安維持のために設けられた。刺股《さすまた》や袖がらみなどの捕り物道具がこれ見よがしに並べられ、周囲を威圧している。

もっとも、それらが活躍したのは、世情が不安定であった元禄《げんろく》のころくらいまでであり、治安が安定した今、道具は使われず、番人も若く壮健な者から隠居近い親《おや》爺《じ》へと変わっていた。

「北町奉行曲淵甲斐守の内与力城見亨である」

亨は内与力になってから与えられた銀鍍金《ぎんときん》の十手《じって》を見せた。

「これは、旦那衆でございましたか」

自身番の親爺が恐縮した。

「ちと訊きたいが、本日北町奉行所から似顔絵が回ってきたか」

「へい。珍しいことでございましたから覚えております る」

亨の質問に親爺がうなずいた。

「見せてくれ」

「ちょっとお待ちを」

親爺が板の間の奥にある文箱《ふばこ》のなかから一枚の紙を取り出した。

「どうぞ、こちらで」

親爺が似顔絵を差し出した。

「……ふむ。なかなか似ておるな」

命の遣り取りをした相手である。亨は浪人の顔をよく覚えていた。

「これが届いたのはいつだ」

「今朝の四つ（午前十時ごろ）過ぎでございました」

尋ねた亭に親爺が思い出した。

「四つ過ぎだと。すでに二刻（約四時間）以上経っておるに、なぜ貼り出しておらぬ」

亭が咎《とが》めた。

「町奉行所さまからのお達しは、まず町役人《ちょうやくにん》さまにお報せしてから、どうするかを決めますので」

親爺が町役人の許可がなければできないと逃げた。

町方役人と混同しやすいが、町役人は幕府の役人ではない。町内で地所を持ち、貸家を営んでいる大家のなかから選ばれ、自身番を経営し、幕府からの触れなどを町内に広める。自身番の親爺も町役人から手当をもらっていた。

「それが決まりか」

「へい。でなければ、勝手に高札へ引き札などを貼る者が出てきてしまいまする」

自身番は町内への出入りを扼《やく》するところにある。町内の住人は毎日とは言わないが、かならず通るのだ。高札ほど目に付くものはない。そこに引き札、店の宣伝などを書いたものを貼りたくなるのは当然であった。

「なるほど。で、町役人はまだ来ぬのか」

「三日に一度はお出《い》でになりますが……」

問われた番人が声を小さくした。

「今日は来ない日だというわけか」

「……へい」

申しわけなさそうに番人が頭を下げた。

「予定ではいつだ」

「明日のお昼にはお出でになるはずでございまする」

尋ねた亨に、番人が答えた。

「ならばつごうがよい。それまでの間、似顔絵を借りるぞ」

「どうぞ」

もともと北町奉行所が配ったものだ。北町奉行所内与力の亨が持っていっても問題にはならない。

番人が持ち出しを認めた。

「明日の朝には返す」

似顔絵を半分に折って、亨はていねいに懐へ仕舞った。

「では、助かった」

亨は室町の自身番を出た。

「次はどこへ行くか」

室町は、江戸城にもっとも近い町人地である。というか唯一の町人地と言える。

室町の北、南ともに武家地で、どちらにも自身番はなさそうであった。

「東へ行くしかないな」

亨は海へ向かうことにした。

伊勢町、大伝馬町、小伝馬町と三カ所で亨は自身番を訪れた。

「微妙に違っている……」

すでに高札へ貼られているところもあり、すべてを借り出せたわけではないが、
亨は報告のために北町奉行所への帰途を歩んでいた。

「どこが違うのかと言われれば、はっきりとは指摘できないのだが……」

亨は似顔絵を見比べて困惑していた。

「殿にご判断いただこう」

一度亨は判断を棚上げした。

「…………」

一刻（約二時間）あまりで帰ってきた亨を、山上が窺《うかが》うような目で見たが、なにも言わなかった。

「お奉行さま」

「亨か。入れ」

内詮議所で曲淵甲斐守が待っていた。

「いかがであった」

曲淵甲斐守がこなしていた書付の処理を止めた。

「四カ所を回りまして、三枚預かって参りました。一カ所はすでに高札に貼りつけられておりましたため、剝がすのもどうかと考え、そのままにしておりまする」

「うむ。それでよい。一度貼ったものは、剝がせぬ」

亨の行動を曲淵甲斐守が認めた。

「どうであった」

「御覧をいただきたく」

答えるよりも、現物を見せたほうがよいと亨は、懐から似顔絵を出して、曲淵甲斐守の前へと置いた。

「…………」

曲淵甲斐守が似顔絵を三枚開いて、畳の上に並べた。

「ふむ」

小さく唸って、曲淵甲斐守が隣の乱れ箱から、もう一枚の似顔絵を出した。

「これは竹林が持ってきたものだ。臨時《りんじ》廻《まわ》り同心に持たせているものだと申しての」

曲淵甲斐守が説明した。

「……やはりな」

四枚を見ていた曲淵甲斐守が呟《つぶや》いた。

「城見、そなたはどう見た。申してみよ」

曲淵甲斐守が所見を求めた。

「どこがどうだとは申せませぬが、少し違うように思いまする」

亭が感じていたことを口にした。

「うむ」

満足そうに曲淵甲斐守がうなずいた。

「余もそう見た。よく比べて見よ、これとこれでは目の大きさが違う。こちらとこちらでは耳の位置が違っておる」

「……まさに」

曲淵甲斐守が指さすところを確認した亭はうなずいた。

「ですが、このていどの差ならば問題ないのでは」

亭にはさほどの差違は感じられなかった。これくらいであれば、似顔絵としての機能は十分に果たせる。

「これはな、言いわけに使うのだ」

苦い顔を曲淵甲斐守がした。

「この似顔絵とよく似た者がいたと町奉行所に届けてきた者がいたとする」

「はい」

「それは直接余のところには来ぬ。もちろん、そなたのもとにもな。普通は自身番であろう」

自身番の高札に貼ってあれば、当然そうなる。

「で、受け入れた自身番から、定町廻《じょうまちまわ》り同心へと話は行く」

自身番はその地を縄張りとする定町廻りが担当する。

「定町廻りから吟味方与力のもとへ報告されるな。そのとき、竹林のもとにこのどれとも微妙に違う似顔絵があったならばどうなる。似ているが耳の形が違う、目の大きさが違う、よってこやつではないと却下できる。そして却下されたものは、余のところまで届かぬ」

町奉行の耳に入るすべては、筆頭与力によって選抜されていた。

「これならば、余に逆らったことにはならぬ。あくまでも竹林の持つものと似ていないのだからな。竹林が悪いわけではないだろう」

「むうう」

亨は唸った。

「どうしてこうも、与力同心どもは姑息なのであろう」

大きく曲淵甲斐守が息を吐いた。

「今回のことでもそうだ。似顔絵が違うと余が文句を付けたところで、責任は絵を写した絵師に行くだけで、竹林たちには及ばぬ」

「…………」

亨もあきれた。

「先ほど、板谷の行方《ゆくえ》を問うたところ、近江《おうみ》草津、東海道の宿場町まで、ご手配の者を捕縛しに出向したそうだ。一昨日にな」

「当日に……」

亨が神田の次郎に呼び出された日に、板谷は江戸を発っていた。

「給めてやろうと思っていたが、しっかりとした出向の手続きがなされていた。これでは、板谷をどうにもできぬ。まあ、草津までの往復と向こうでの探索、捕縛を考えて、一カ月ほどで戻ってくるだろうが、ときを稼がれてしまった」

曲淵甲斐守が舌打ちをしそうな勢いで不満を露《あら》わにした。

「神田の次郎という御用聞きがそなたを誘《おび》き出し、刺客の浪人が襲う。それが失敗したと知れたとたん、神田の次郎に手札を渡していた廻り方同心は草津へ出向し、浪人の似顔絵を描かせれば、微妙な違いを作る」

「…………」

亭は黙って主君の話を聞いた。

「さらに南町奉行牧野大隅守までが、足を掬《すく》いに来た。これらすべてを合わせれば、裏になにがあるかはわかるであろう」

曲淵甲斐守が亭を見つめた。

「……町方役人の企みだと」

「うむ。北も南も町方役人は、八丁堀《はっちょうぼり》として一つだ」

正解だと曲淵甲斐守が首肯した。

「もっとも最初の神田の次郎による一件があまりにずさんであったからの。竹林や左中居は加わっていなかったと考えていい。板谷が失敗して泣きつきでもした結果、あわてて糊塗《こと》しようとしたのだろう」

曲淵甲斐守が推測した。

「お奉行さまを謀ろうなど、言語道断でございまする。ただちに竹林をここへ呼び、厳しく糾弾いたさねばなりませぬ」

「待て」

いきりたった亨を曲淵甲斐守が制した。

「少しは落ち着け。すでに起こったことへあわてててもよいことはないぞ。火事でも同じだ。火元を確認し、どこに水をかければ効果が出るかを見極めねば、無駄に貴重な水を捨てるだけになる」

曲淵甲斐守が亨を諭した。

「……畏れ入りまする」

亨が頭を垂れた。

「相変わらず、直情だな。だけに、そなたは信用できる。裏がないからの」

「…………」

褒められたのかけなされたのかわからない亨は、無言で頭を下げ続けた。

「さて、今回のことだが、よかったところもある」

「よかったところでございますか」

亨は首をかしげた。

「二つわかったではないか。一つは板谷が仕組んだことだということ、そしてもう一つは奉行所の与力、同心は皆敵だということ」

「それは……」

あまりに平然と言う曲淵甲斐守に、亨は啞然《あぜん》とした。

「四面楚歌《しめんそか》でございますぞ」

亨は悠長なまねはしていられないと曲淵甲斐守に迫った。

「わかりやすくてよいではないか」

曲淵甲斐守が嘯《うそぶ》いた。

「一々、敵味方を考えずにすむうえ、遠慮も要るまい」

「ですが、お役目に差《さ》し支《つか》えるのでは」

亨が懸念を表した。

「逆らうならば、潰すだけじゃ」

冷酷な声を曲淵甲斐守が出した。

「さて、そなたも落ち着いたであろう。竹林をこれへ」

曲淵甲斐守は亨の頭に上った血が下りるのを待っていた。

「申しわけございませぬ。では」

亨は竹林一栄を呼びに立った。

五

町奉行所は実務をおこなう役所と町奉行の役宅からなる。町奉行に任じられる旗本は、概《おおむ》ね千石をこえる名門であり、先祖代々の屋敷を持っているが、役目に就いている間は、役宅で起居するのが慣例であった。

裏返せば屋敷へ帰る間もないほど忙しいのだ。

幕府全体の金を扱う勘定奉行でさえ、城中の勘定所で執務し、終われば自邸へ帰るというに、町奉行は休みなく仕事をしなければならない。

それだけ町奉行所に与えられている職務は多かった。

当たり前のことだが、町奉行一人でそのすべてをこなすことなど無理である。それぞれの職務に合わせて、与力、同心が付く。

代々、世襲としてその役目を負ってきた与力、同心は慣れている。極論を言えば、町奉行などいなくても、仕事は回った。いや、独自の色を出そうとするなど、かえって邪魔であった。

「竹林どの、お奉行さまがお召しでございまする」

吟味方与力詰め所へ亨は曲淵甲斐守の指図を伝えた。

「今参りまする」

竹林一栄が受けた。

同道せよとは言われていない亨は、その返答だけを聞いて踵《きびす》を返そうとした。

「ああ、一人連れて参りまする」

竹林一栄が亨に告げた。

「誰をお連れになると」

「新しい隠密廻《おんみつまわ》り同心を推挙いたしたく」

「隠密廻り同心をでございますか」

竹林一栄の言葉に亨は首をかしげた。

隠密廻り同心は、定町廻りや臨時廻りなどを長く務めた世慣れた同心から選ばれ、廻り方同心でありながら、与力ではなく奉行直属になった。

江戸の市中のことに暗い町奉行の耳目となるのが隠密廻り同心であった。

もちろん、曲淵甲斐守が北町奉行に任官したときも、先代からの隠密廻り同心はいた。曲淵甲斐守はそのまま継続して隠密廻り同心を使うつもりでいたが、隠密廻り同心はそれをよしとはしなかった。

町方与力、同心、通称八丁堀と呼ばれる者たちは、不浄職とされる町方を世襲する。ために、他職との交流がほとんどなく、養子や通婚もそのなかでおこなう。これを代々繰り返すと、与力、同心という身分の枠をこえた連帯が出来てくる。結果、その連帯を揺るがす他者を排除するように動く。

出世のための踏み台として町奉行所をすりつぶすつもりだと曲淵甲斐守の本性を見抜いた八丁堀の衆は反発、隠密廻り同心も敵対した。

敵を許さない曲淵甲斐守は、痛烈な反撃を加えた。

従わなかった隠密廻り同心を伊勢山田奉行所の同心へと左遷させたのだ。

三十俵二人扶持《ぶち》、年間にして十二両ほどの禄しか与えられていない町方同心が、市井に妾《めかけ》を囲い、贅沢《ぜいたく》な生活を送れるのは、江戸の商家や大名屋敷から出される合力金《こうりょくきん》のお陰であった。外聞を気にする商家や大名たちは、奉公人や家臣がなにかことを起こしたとき、内々に処理してくれるよう、町方役人に金を渡して気遣いを求めている。

その金で妾を囲い、名の知れた料理屋で酒を喰《く》らうことができている。つまり、江戸にいるからこそ、町方役人はいい生活をしているのだ。それが江戸から放り出されたら、与えられる禄だけでやっていかなければならなくなる。

江戸ほど物価は高くなくとも、十二両では余裕などない。庶民でさえ一カ月に一両は要る。同心には組屋敷があるので家賃は要らないが、その分、武芸の修練などをしなければならない。十二両では、それこそ酒を飲むなど月に何度あるかということになる。

人は一度贅沢を覚えると、それなくしては耐えられなくなるものだ。

曲淵甲斐守は、町方の与力、同心がもっとも嫌がる罰を与えた。その後、就任直後という雑事に追われたこともあり、新しい隠密廻り同心は選出されていなかった。

「お奉行さまにお伝えしておきまする」

亨は曲淵甲斐守のもとへと急いだ。

「後じゃ」

「隠密廻り同心など不要」

曲淵甲斐守が拒めば、隠密廻り同心候補を止めなければならなくなる。

「……ほう、隠密廻り同心になるという者が出たか」

報告を受けた曲淵甲斐守が少しだけ目を大きくした。

「よいぞ」

曲淵甲斐守が認めた。

「では、その旨を」

「わざわざ報せてやらずとも、来るであろう。それより、この四枚の似顔絵で共通しているところをよく覚えておけ」

許しが出たと竹林一栄に伝えようとした亨に曲淵甲斐守が仕事を命じた。

「はっ」

亨はまだ並べられたままの似顔絵を覗きこんだ。

「お奉行、竹林でございまする」

内詮議所の外から竹林一栄が声をかけた。

「臨時廻り同心の江《え》崎《ざき》羊《よう》太郎《たろう》を伴っておりまする」

「入れ」

曲淵甲斐守がうなずいた。

「御免を……」

内詮議所へ入った竹林一栄が、亭の前に並べられた四枚の似顔絵に気づいて絶句した。

「失礼いたしまする」

その後に続いた江崎羊太郎は、気にせず部屋の片隅に腰を下ろした。

「どうした、竹林。座れ」

立ったまま呆然《ぼうぜん》としている竹林一栄に、曲淵甲斐守が命じた。

「は、はい」

うろたえながら竹林一栄が座った。

「まずは、そちらの用件をすませようか。新しい隠密廻り同心だそうだな」

「あっ、えっ、はい」

竹林一栄がぎくしゃくとしながら首肯した。

「……おい、名乗れ」

一瞬詰まった竹林一栄が、江崎羊太郎に指示した。

「臨時廻り同心の江崎羊太郎でございまする。この度、隠密廻り同心としてお仕えすべく参上仕《つかまつ》りました」

江崎羊太郎が手を突いて名乗りをあげた。

「若いの。何歳《いくつ》になる」

「今年で三十八歳になりまする」

曲淵甲斐守に問われた江崎羊太郎が答えた。

「お若い」

亨も感心した。

町奉行所において、同心で花形と呼ばれるのは定町廻り同心である。縄張りを持ち、配下の御用聞きを引き連れ、さっそうと江戸の町を闊歩《かっぽ》し、縄張り内の商家や大名屋敷からの合力金で一日履いただけで色あせる紺足袋《こんたび》を惜しげもなく使い捨てる財力を持つ。

江戸の町娘のあこがれの的でもある定町廻り同心を何年も務め、その実力を認められた者が抜擢されて臨時廻り同心になる。定町廻り同心が六名いるのに対し、臨時廻りは二人しかいない。これからも臨時廻り同心がどれほど優秀かは知れる。

「十六歳で見習い出仕いたし、二十二歳で定町廻り、十四年務め、一昨年臨時廻り同心へとなりましてございまする」

江崎羊太郎が経歴を語った。

町方役人は世襲を守るため、元服した跡継ぎは見習いとして出仕するのが決まりであった。父親が隠居するまで、見習いとして経験を積む。こうすることで、お役に就いたとたんに戦力となる。

とはいえ、いいことばかりではない。職務を学ぶのと同時に、町方役人の悪習に染まってしまうからだ。

「隠密廻り同心の役目は理解しておるな」

「もちろんでございまする」

確認する曲淵甲斐守に江崎羊太郎が首を縦に振った。

「隠密廻り同心は奉行直属である。余の指示にのみ従い、与力の求めといえ、その内容を語らずが守れるか」

「厳守いたしまする」

一瞬の間もなく江崎羊太郎がうなずいた。

「わかった。江崎、そちを隠密廻り同心に任じる」

「かたじけのうございまする」

曲淵甲斐守が認め、江崎羊太郎が礼を述べた。

「終わったか。江崎、下がっておれ」

竹林一栄が挨拶はすんだだろうと江崎羊太郎に退出を促した。

「………」

江崎羊太郎が曲淵甲斐守を見た。

「そのまま控えておれ」

曲淵甲斐守が同席を命じた。

「はっ」

江崎羊太郎が座り直した。

「お奉行、江崎の用はすみましてございまする」

竹林一栄が江崎羊太郎を下がらせるようにと要求した。

「隠密廻り同心は余の指図で動く。そうだな」

「それはそうでございまするが……不要の者を」

言った曲淵甲斐守に竹林一栄が反論しようとした。

「余が同席を認めたのだ。そなたがそれに文句を付けることはできぬ」

きっぱりと曲淵甲斐守は拒んだ。

「……わかりましてございまする」

竹林一栄が折れた。

「用件は言わずともよいな」

曲淵甲斐守が似顔絵と竹林一栄の顔を見比べた。

「なんでございましょう。そこにあるのが、あの死んだ浪人の似顔絵だということはわかりますが」

竹林一栄がとぼけた。

「さすがは筆頭与力よ。わずかな間で立ち直ったな」

曲淵甲斐守が称賛した。

「江崎、こちらへ参れ」

「御免」

曲淵甲斐守の招きに、江崎羊太郎が応じた。

「これがなにかは知っているな」

「はい。今朝、定町廻り同心、臨時廻り同心に配られた似顔絵だと。あいにくわたくしのものは、先ほど竹林さまにお返しいたしましたが」

江崎羊太郎が答えた。

「そなたのものだったか。それがどれかはわかるか」

「しばし、ときをいただければ」

曲淵甲斐守の問いに、江崎羊太郎が応じた。

「ほう、どうしてすぐに見分けが付かぬ。これらすべては同じもののはずじゃ」

口の端をゆがめつつ、曲淵甲斐守が言った。

「…………」

江崎羊太郎が、竹林一栄を見た。

「…………」

竹林一栄が無言で江崎羊太郎を見つめ返した。

「江崎、どうした」

曲淵甲斐守が江崎羊太郎に問うた。

「竹林よ」

「な、なんでございましょう」

不意に曲淵甲斐守から呼ばれて竹林一栄があわてた。

「下がってよい。後ほど呼ぶまでな」

曲淵甲斐守が竹林一栄に席を外せと命じた。

「それは……」

竹林一栄が、置かれている似顔絵を見て、逡巡《しゅんじゅん》した。

「申すこともないのだろう。ならば、今は邪魔だ」

冷たく曲淵甲斐守が指先で襖《ふすま》を指した。

「江崎……」

竹林一栄が、江崎羊太郎に目配せをした。

「出ていけと申したが、聞こえなかったのか」

曲淵甲斐守が、竹林一栄を睨みつけた。

「では、隣室に控えております る」

竹林一栄が江崎羊太郎から目を離さずに出ていった。

「江崎、余がなにを申したいかわかっておるな」

「……はい」

江崎羊太郎が少しだけ間を空けて首肯した。

「余を舐《な》めるにもほどがある」

曲淵甲斐守が怒りを見せた。

「そなたが受け取ったのはこれだ」

曲淵甲斐守が一枚の似顔絵を摑《つか》んだ。

「あとはすべて、町の自身番から集めてきた」

「……自身番から」

江崎羊太郎が息を吞《の》んだ。

「このように差異があるものでわかると思うか」

「難しゅうございましょう。そもそも刺客をするような輩でございまする。町内でまともに知られているとは思えませぬ」

町奉行が直接出馬し、死体を二つ持ち帰ったのだ。町奉行所の話題を独占していると言える。江崎羊太郎もいきさつを知っていた。

「そこにこれでは……」

江崎羊太郎が首を横に振った。

各町奉行所に定町廻り方同心六名、臨時廻り方同心二名、隠密廻り同心一名、合わせて十八名で、広大な江戸の町の治安を維持できるのは、町内という一つの区切りが濃い付き合いで成りたっているからであった。

町内は木戸で区切られた一つの村である。ほとんどの商売があり、大工や左官なども いる。極端な話、町内だけで生きていける。ものの売り買いも、ほとんどが付けで節季払いですむ。皆が顔見知りと言っていい。

それだけに人相書きや似顔絵は大きな力を発揮してきた。自身番に貼り出されるまでもなく、誰かの姿が見えないだけで騒ぎになる。当然、旅に出るとか、仕事でしばらく留守にするなどは、近隣に伝えるのが決まりであった。

だが、これは町内が町内として機能している場所の話であった。

本所や深川、浅草の外れなど、町奉行所の力があまり及ばない周りに気を遣われては困る者の吹きだまりは、別であった。

隣に誰が住んでいる、なんの仕事をしている。それを知る意味はないし、己が知られたくもない。興味を持つことがない連中の住むところで、似顔絵はなんの意味も持たなかった。

「端《はな》から期待はしておらぬ」

恐る恐る似顔絵の効果はないと言った江崎羊太郎に、曲淵甲斐守が述べた。

「えっ」

一瞬、江崎羊太郎が唖然とした。

「それでは、なぜ似顔絵をお作りに」

似顔絵は町奉行所出入りの絵師が描く。出入りといっても禄をもらっているわけではなく、一枚ごとに金を要求した。

「無駄金だと言いたいか」

「…………」

曲淵甲斐守の応えに、同心がそうだとは言えない。江崎羊太郎が黙った。

「意味はあった。町方が、余の敵だとわかっただけでも、値打ちはあった」

「……それはっ」

氷のような口調の曲淵甲斐守に、江崎羊太郎が絶句した。

「下がってよいぞ」

曲淵甲斐守が江崎羊太郎から目を仕事である書付へと移した。

「筆頭与力を呼び入れ……」

「不要じゃ」

控えの間にいる竹林一栄に声をかけようかと尋ねた江崎羊太郎に、曲淵甲斐守が短く断った。

「もう、あやつと話し合うことはない。あるのは通告のみ」

「……………」

怒りやあきれなどの感情を見せず断言した曲淵甲斐守に、江崎羊太郎が立ちすくんだ。

第二章　弄される策

一

西《にし》咲江は大坂西町奉行所諸色《しょしき》方筆頭同心西二之介《にのすけ》の長女である。大坂西町奉行だった曲淵甲斐守のもとで取次役をしていた城見亭に一目惚《ひとめぼ》れした咲江は、曲淵甲斐守の江戸北町奉行への栄転を受けて大坂を離れた亭の後を追い、江戸へと出てきていた。

「なんで出ていったらあかんのん」

咲江は寄宿している大叔父播磨屋伊右衛門に嚙みついていた。

「危ないからだと説明しただろう」

播磨屋伊右衛門が嘆息した。

「むうう」

咲江が頬《ほお》を膨らませて拗《す》ねた。

「わかっているはずだよ。おまえも町方の娘だ。いかに大坂が江戸とは違って、町方のありようも別ものだとはいえ、危ないときは大人しくしておくべきだと」

播磨屋伊右衛門が説得した。

「……………」

すっと咲江が目を逸らした。

「……咲江」

その様子に、播磨屋伊右衛門が声を低くした。

「なにを考えている」

「……………」

咲江は無言を続けた。

「まさか、おまえ……囮《おとり》になるつもりじゃないだろうね」

「……………」

「はあああ」

大きなため息を播磨屋伊右衛門が吐いた。

「なにを考えている」

播磨屋伊右衛門が咲江の顔を摑んで、正面から睨みつけた。

「痛いやんかあ。顔がゆがんだら、嫁に行かれへんやん」

咲江が文句を言った。

「おまえがちゃんと儂《わし》と向き合わないからだろう」

「しゃあかて、大叔父はん、怖い顔してはるし」

小さく咲江が震えてみせた。

「そんな殊勝な性格してないだろうが」

播磨屋伊右衛門が怒った。

「儂が怒ったくらいで、泣くくらいやったら、男を追いかけて大坂から江戸まで出てくるわけないだろう」

「欺《だま》されへんなあ、身内は」

咲江が嘆息した。

「……まったく」

播磨屋伊右衛門が咲江の顔から手を離した。

「城見さまに手柄を立てさせるためか」

「そうできたら、なによりやけど……危ないやろ。相手は刺客を生業《なりわい》にしている連中や」

大叔父の詰問に、咲江が首を横に振った。

「でなければ、なんのために囮なんぞするのだ」

意味がわからないと播磨屋伊右衛門が首をかしげた。

「甲斐守さまに売りつけるねん」

「……甲斐守さまだと。北町奉行の曲淵甲斐守さまかい」

あっさりと言った咲江に、播磨屋伊右衛門が確認した。

「うん。曲淵甲斐守さまにお手配りをお願いして、悪人どもを罠《わな》にはめるねん。江戸で刺客をしている連中を捕まえたとなると、甲斐守さまのお手柄になるやろ」

「それはたしかに」

咲江の話に播磨屋伊右衛門が首肯した。

江戸は巨大な城下町であった。天下の大名が参勤交代で集まり、万をこえる旗本、御家人が住む。それらの武士たちを相手にする商人が、職人が、商いと仕事を求めて江戸へとやってくる。仕事のあるところ、商いの生まれるところに金は動く。

金が動けば、それを狙って闇の住人が暗躍する。

掏摸やひったくりなどの小悪党から、博打場、隠し遊郭を営んだりする大物まで、悪事に手を染める者が江戸にはいる。

そのなかでもっとも質《たち》の悪いのが、刺客であった。

刺客は金をもらって他人の命を奪う。金さえ出せば、相手が誰であるかなどは気にもしない。千人を助けた善意の人であろうが、百人を殺した悪人であろうが、かかわりなく殺す。

恨みも辛《つら》みも、利害関係もない相手から狙われる。これほど防ぎにくいものはない。誰に恨まれているとか、商いの上で対立して危ない状況になっているとかがわかっていれば、用心棒を雇うなど対応のしようもある。しかし、まったくその気配もなく、依頼されたからと襲いこられては防ぎようがない。

道を歩いていて、反対側から歩いてきた男がいきなり刺してくる。宴席で横についた芸者が毒を盛る。これほど怖ろしいことはない。

江戸でまっとうな商売をしている者はもちろん、多少法度《はっと》に触れそうなまねをしている連中も、刺客に震えあがっている。

「なんとかお願いできませんか」

町奉行所には時々商家から嘆願がある。

もちろん、旗本や大名の家中にも被害は出ているが、そちらは武家という矜持《きょうじ》があり、表沙汰《おもてざた》にはできない。

「無頼の刺客ごときに武士がやられるなど……」

他人に知られれば、大恥をかくことになる。だからといって泣き寝入りするわけにはいかないのだ。また、同じことが起こっては困る。

「聞けば、そのような輩がおるとか。江戸の城下に不穏な噂があるのは、いかがなものでござろうか」

旗本や大名が町奉行に、あくまでも他人事《ひとごと》だと装いながら、なんとかしろと求めてくる。

町奉行所にとって、刺客業というのは頭の痛い問題であった。

「甲斐守さまが自ら出馬されて、刺客を捕まえたとあれば、江戸中の評判になるやんか」

「なるだろうね」

咲江の言葉を播磨屋伊右衛門が認めた。

「手柄を立てた甲斐守さまはご出世なさる。そしたら城見さまも……」

「…………」

策を語る咲江を播磨屋伊右衛門があきれた目で見た。

「本音を言いなさい」

播磨屋伊右衛門が、咲江に命じた。

「……えっ」

咲江が驚いた。

「おまえがそんな迂遠《うえん》な手段を執《と》るわけなかろう」

「ばれてる……」

「当たり前じゃ。儂はおまえの大叔父だぞ」

小声で言った咲江に、播磨屋伊右衛門が宣した。

「しゃあから身内は嫌やねん」

咲江が苦笑した。

「先日、曲淵甲斐守さまにお目通りを願ったやん」

「ああ。おまえが空き屋敷であったことを甲斐守さまのもとへ報せに行ったときだな」

播磨屋伊右衛門も思い出した。

空き屋敷に御用聞きの神田の次郎と刺客の浪人の死体がある。どちらも下手をすれば、そこに呼び出された亨の命取りになりかねなかった。

北町奉行所全体が敵という状況のときに、町方役人が踏みこんできては面倒になる。神田の次郎の後ろを探る、刺客の身許を探すなどの重要なことをせず、亨が無罪であるとの証拠を隠すなどを仕掛けてきかねない。

なんとかしてここに曲淵甲斐守を呼ばなければならない。しかし、亨が現場を離れたら、残っている咲江と播磨屋伊右衛門では、町方役人が来たときに逆らえない。

「死体を大番屋に運ぶ」

「事情を訊く。ちょっと来い」

大坂でなら咲江の父の名前を出せばすむ。だが、江戸では名前さえ知られていない。播磨屋伊右衛門も江戸で指折りの大店だが、町奉行所の役人には勝てない。

どうしても現場を保全するためには、町方役人を抑えられる内与力の亨が要る。

かといって播磨屋伊右衛門がいきなり曲淵甲斐守へ目通りを願うのも難しい。

そこで大坂西町奉行だったころの配下の娘が、江戸へ出てきたあいさつに訪れたという形を取って、咲江が曲淵甲斐守のもとへと向かった。

「なにを話したんだ」

播磨屋伊右衛門の目が細くなった。

「なんで江戸へ出てきたんやと尋ねはったさかい、城見さんを追いかけてきたと……」

「言ったのか」

もじもじとした咲江に、播磨屋伊右衛門が大声を出した。

「なにをするやら……」

播磨屋伊右衛門が、何度も何度も首を左右に振った。

「甲斐守さまに直接というのも問題だが……武家の娘が、己から男のことを口にするなど、おてんばにもほどがある」

「ええやん。武家も商家も関係ないし。男と女には違いないやん」

咲江が口答えをした。

「恥ずかしいことだと言っている。女から男に懸想をしてますというのは、はしたないのだぞ。女は待っているものだ」

播磨屋伊右衛門が叱った。

「しゃあないやん。唾つけとかな、いつ城見さんに見合いの話が来るかわからへん」

またも口を尖《とが》らせて咲江が拗ねた。

武家の婚姻は、大名から数石の貧乏藩士まで、見合いが基本であった。

「家の釣り合いもよいと思うのだが」

間に入る人があり、婚姻の話が始まり、男が相手の家を訪れるなどして見合いをし、そのまま進んでいく。

見合いは、まず決定であった。よほど気に入らない場合などは別だが、間に入った人の面目もあり、婚姻へと動き出す。

「とくに、甲斐守さまから言われたら、城見さんでは断られへんやん」

咲江が述べた。

見合いを断れるのは男からだけであった。女からはなにがあっても拒否することは許されていない。そして断れる亭でも、主君から言われたら、どんなに相手が気に入らなくともうなずくしかない。

「言われる前に、宣言した」

「うん」

確かめた播磨屋伊右衛門に、咲江が子供のようにうなずいた。

「早い者勝ち……」

「まったく」

咲江の言いぶんに播磨屋伊右衛門がなんとも言えない顔をした。

「ほどほどにしなさい」

播磨屋伊右衛門が咲江をたしなめた。

「で、甲斐守さまはどのように仰せられたんだい」

「よかろうと」

「……なんとも微妙なご返答だねえ」

播磨屋伊右衛門が難しい顔をした。

認めたとも取れるが、旗本が身分の低い者との約束を守るとは限らないのだ。

「後々、言った言わないになったら、こっちが負けるよ」

武士と町人では、武士が正しい。まして、相手は幕府の高官である。咲江の話なぞ、端からなかったことにするなど簡単であった。

「そやから、ちぃと恩を売ろうかと」

咲江が播磨屋伊右衛門の顔を窺った。

「焦りすぎじゃ」

播磨屋伊右衛門が、咲江の頭を軽く叩いた。

「痛いっ」

「囮になる。これは相手に身を晒《さら》すことだ。狙っている獲物が、目の前に出てきて猟師がなにもしないはずはない。おまえの命がかかっている」

「そんなん、承知の上や」

「馬鹿もの」

言い返した咲江を播磨屋伊右衛門が怒鳴りつけた。

「ひゃあ」

咲江が可愛《かわい》い悲鳴をあげた。

「なんの準備もなく、出ていけばあっさり死ぬ。死ねば、囮の意味はなくなる。なにより、死人は城見さんの妻にはなれない」

「ううっ……」

叱られた咲江が俯《うつむ》いた。

「はっきりと言う。儂は、おまえが囮になるのには反対だ」

強く播磨屋伊右衛門が述べた。

「……………」

咲江が黙った。

「しかし、ずっと店に隠れているというわけにはいくまい。向こうもそれはさせないだろう」

「どうやって」

咲江が問うた。

播磨屋は灘《なだ》の銘酒を扱う酒問屋である。灘から江戸へ運ばれた酒を納めるための蔵をいくつも持っている。その蔵の一つに咲江を閉じこめてしまえば、刺客といえども手出しはできなくなる。

「店に火を付ければいい」

淡々と播磨屋伊右衛門が告げた。

「いかに店の奥にいようと、蔵に潜んでいようと、火事になれば出てくるしかなくなる」

蔵の防火は徹底している。分厚く漆喰《しっくい》を重ねた扉、窓などを閉めれば、どれほど火が迫ろうとも燃えることはない。だが、熱気は伝わる。厚い壁のお陰で多少はましになっても、なかの人は耐えられず、蒸し焼きになる。

なにより、火事に巻きこまれる人々の迷惑を考えれば、とてもできることではなかった。

「とはいえ、大坂へ帰るわけにもいくまい。品川から廻船《かいせん》に乗り大坂へ向かえば、無事に行けるだろうが……」

播磨屋伊右衛門が苦い顔をした。

「品川までが危ない。店の裏から小舟を使っても……」

酒樽《さかだる》を品川から店まで運ぶために、小さな船着き場が播磨屋の裏にはある。そこから咲江を逃がしても、品川までの間が危ない。弓や鉄炮《てっぽう》を持ち出されたら防ぎようがなかった。

「それは……」

咲江が息を吞んだ。

「狙われた段階で、手詰まりになっている」

「あたしのせいで……ごめんなさい」

言われた咲江が泣いた。

「さてと……おまえを叱るのはここまでだ」

播磨屋伊右衛門が雰囲気を変えた。

「可愛い身内に手出しをされて、黙っているわけにはいかん」

「お、大叔父はん」

咲江が身を引くほど、播磨屋伊右衛門の怒気は激しかった。

「誰に喧嘩《けんか》を売ったかを思い知らせてくれる」

播磨屋伊右衛門が、腰をあげた。

「ちょっと出てくる。おまえは店のなかから出るな。いいな。もし、出たら、儂が城見さまへ他の嫁を紹介する」

「そんなん、あかん」

咲江が悲鳴をあげた。

「わかったなら、大人しくしており」

厳命して播磨屋伊右衛門が、店を出た。

二

播磨屋伊右衛門ほどになると、顔見知りは多い。北町奉行所の門番も播磨屋伊右衛門の顔を知っていた。

「播磨屋どのではないか。今日は訴訟ごとか」

門番が問うた。

「いいえ、内玄関へお通しを願いたく」

「お奉行さまに用か」

「さようでございまする」

播磨屋伊右衛門が、ていねいに腰を屈《かが》めた。

「ちと待っておれ。ごつごうを伺ってくる」

門番が駆けていった。

江戸指折りの豪商といえども、町奉行に目通りを求めて適《かな》うとは限らない。今回のことも常識を外れていた。町人が奉行に面会を求めるには、数日前に許可をもらうための使者を出しておくべきなのだ。

「無礼者めが」

この一言ですまされてもしかたなかった。

「お会いくださるそうじゃ」

すぐに門番が戻ってきた。

「ありがとう存じまする」

礼を述べて、播磨屋伊右衛門は奉行所の門を入って左へと進んだ。

「播磨屋伊右衛門でございまする」

すでに話は通っている。内玄関で止められることもなく、播磨屋伊右衛門は役屋敷の書院へと通された。

「お奉行は、執務をなされておられる。一段落つくまで、しばし待て」

内与力の山上が、播磨屋伊右衛門の応対をした。

「はい」

播磨屋伊右衛門は、指定された場所へと腰を下ろした。

「灘の酒問屋だそうだの」

山上が問うてきた。

「はい。灘の酒を江戸へ運び、皆様方にお届けいたしております る」

播磨屋伊右衛門がうなずいた。

「その酒問屋が、お奉行になんの用だ」

「ご相談いたしたいことがございまして」

内容を訊かれた播磨屋伊右衛門が濁した。

「どのような相談じゃ」

山上が重ねて質問した。

「新しい酒が入りましたので、そのことでいささか」

「……新しい酒が町奉行所にかかわりあるのか」

言われた山上が首をかしげた。

「失礼ながら、町奉行所のお方でございましょうか」

播磨屋伊右衛門が、尋ねた。

「内与力の山上である。無礼であろう」

疑った播磨屋伊右衛門に、名乗った山上が不快だと睨みつけた。

「さようでございましたか。お名前を存じあげず、失礼をいたしました。ただ、言いわけをさせていただきますと、酒の商いは北町奉行所さまのご管轄でございますので、ご存じだと」

「むっ」

勉強不足を指摘された山上が詰まった。

「そ、それならば年番方与力どのと話すべきであろう。わざわざお奉行のお手をわずらわせずとも……」

「いいえ、お奉行さまのお知恵をお借りいたしたく、お願いに参りましたので」

播磨屋伊右衛門が、首を横に振った。

「お奉行の知恵……」

「はい。新しい酒の名前をお奉行さまにお付けいただこうと思いまして」

「…………」

山上が黙った。

化粧道具に大奥女中の名前を借りたり、新しい衣服の模様に大名家の名前を付けさせてもらったりといったことはままあった。

まったく由縁のない場合は、不審を持たれるが、酒を管轄する北町奉行所の奉行ならば、播磨屋伊右衛門の願いも不自然ではなかった。

「無理を言うてはならぬぞ。お奉行さまはご多用じゃ」

「重々承知いたしておりまする」

釘を刺した山上に、播磨屋伊右衛門が首肯した。

「……待たせたな」

小半刻（約三十分）ほどして、曲淵甲斐守が書院へ現れた。

「本日は、お目通りが適いましたことお礼申しあげまする」

播磨屋伊右衛門が、まず謝した。

「いや、播磨屋の来訪とあれば、無下にはできぬ」

曲淵甲斐守が手を振った。播磨屋伊右衛門と曲淵甲斐守も先日の一件で出会っていた。

「で、なんじゃ。悪いが仕事をせねばならぬ。世間話をしている暇はない」

用件をと曲淵甲斐守が急かした。

「はい」

うなずいた播磨屋伊右衛門が、ちらと山上のほうへ目をやった。

「……山上」

「はっ」

気づいた曲淵甲斐守が山上に声をかけた。

「内詮議所へ行き、書付をまとめておけ。余が戻ればすぐに再開できるように整えておけ」

「よろしゅうございますので」

山上が播磨屋伊右衛門と二人きりになることを危惧《きぐ》した。

「構わぬ。播磨屋ならば安心じゃ」

「では」

そこまで言われてはしかたがない。山上が書院から出ていった。

「他聞を憚《はばか》ることとは、なんだ」

曲淵甲斐守の表情が変わった。

「じつは、先日……」

日向屋から持ちこまれた話を播磨屋伊右衛門が告げた。

「…………」

聞き終えた曲淵甲斐守が苦く頬をゆがめた。

「播磨屋、すまぬ。どうやら西の娘を奉行所のもめ事に巻きこんだようだ」

曲淵甲斐守が頭を下げずに詫びを口にした。どのような理由があろうとも、旗本が町人に頭を下げるわけにはいかない。誰かに見られれば、曲淵甲斐守の出処進退にかかわる。

「いいえ、お奉行さまのせいではございませぬ。すべては企んだ者たちが悪いのでございまする」

播磨屋伊右衛門が、首を横に振った。

「そう言ってくれるか。助かる」

曲淵甲斐守が安堵《あんど》した。

町奉行として就任したばかりの曲淵甲斐守が、管轄の豪商と仲違《なかたが》いをするのはまずかった。町奉行としての、いや役人としての資質が問われることになり、まちがいなく曲淵甲斐守の出世は閉ざされた。

「そこでお奉行さま。ご提案がございまする。先ほど、咲江が……」

囮の話を播磨屋伊右衛門が話した。

「ふうむ。余に恩を売るか。吾が身を餌として」

曲淵甲斐守が感心した。

「それもございましょうが、他に手立てがないというのが真相でございましょう」

播磨屋伊右衛門が続けた。

「刺客に狙われた娘なぞ、猟師に狙われた兎《うさぎ》でございまする」

「たしかにな」

曲淵甲斐守も同意した。

「大坂へ帰れば、さすがにそこまで追いかけてはこぬだろうが」

江戸にいればこそ咲江は人質になりえる。また大坂で西町奉行所同心の娘に手出しをすることは難しい。たとえ江戸で知られた陰蔵という刺客の親分でも、大坂は地の利のない他所なのだ。なにより、大坂の刺客たちが、縄張りを侵した陰蔵を許すはずはない。蛇の道は蛇、どれだけ陰蔵がうまく大坂へ入りこんでも、大坂の刺客たちには気づかれる。大坂で江戸の刺客に仕事をされては、地元の名折れなのだ。確実に大坂の刺客たちは、陰蔵の敵になる。

「ですが、そこまでが……」

「周囲を人で囲むというわけにもいかぬな」

江戸から大坂までが大変だと言った播磨屋伊右衛門に、曲淵甲斐守が同意した。

刺客というのは人を殺すことで金を得て生きている。これは人の命を金としてしか見ていないとの証《あかし》であった。

金のためなら、人の命など軽いものだとなれば、獲物の周囲を守っている人垣など邪魔でしかなくなる。邪魔は排除すればいいとばかりに、周囲の者から殺していけば、いつか目標に届く。

もちろん、やられるほうも黙ってはいないが、まともな商人が雇えるていどの者では、刺客の敵にはなりえない。刺客は人を殺すことに長《た》けている。剣術の達人といえども、人の油断を的確に狙ってくる刺客を防ぐことは難しいのだ。

「なにより、咲江が持ちませぬ」

播磨屋伊右衛門が小さく首を左右に振った。

己を守るために、周囲の者が死んでいく。戦国大名ならばまだしも、普通の娘に耐えられるはずはなかった。

「うむ」

曲淵甲斐守も認めた。

「やるしかないようじゃ」

「お願いをいたしまする」

咲江を囮にする案に乗るといった曲淵甲斐守へ、播磨屋伊右衛門が手を突いた。

「問題は手配りだ。なにせ、町方どもが信用できぬ」

曲淵甲斐守が嘆息した。

本来ならば、町奉行の手足として動くはずの与力、同心が敵なのだ。

「ご家中の方々をお出しいただくとはいきませぬか」

播磨屋伊右衛門が問うた。

曲淵甲斐守には、町奉行としての配下だけでなく、旗本としての家臣も抱えている。

「剣の遣える者など、数えるほどじゃ」

旗本が戦わないのだ。家臣が武芸に秀でているはずはなかった。

「城見とあとは三人くらいだな。剣術で目録以上を持つ者は」

目録は剣術の初級である。もっとも初歩の切り紙《きりがみ》よりは上だが、免許には及ばなかった。

「それに……」

曲淵甲斐守が苦い顔をした。

「城見以外は、人を斬った経験がない。これではいざというとき遣えぬ」

武士は戦いが本分である。しかし、それは戦国乱世での話で、泰平では逆転する。泰平の世で、人殺しは禁忌であった。

腰に太刀と脇差《わきざし》の両刀を差すことが許されているとはいえ、それを抜いていいわけではなかった。

武士が庶民を斬る無礼討ちもないわけではないが、まず認められなかった。主君が庶民などに恥を掻《か》かされたていどでは、太刀を抜いてはいけなかった。もっとも、そこまで悪化させたの格下から侮られたときは、無礼討ちが成立する。その場を去らずに切腹しなけという責任は免れず、無礼討ちをおこなった武士も、その場を去らずに切腹しなければならない。

つまり、武士も人を斬ってはいけないのだ。

剣術を習い、人を斬る方法を身に付けておきながら、抜くなと禁じられる。これでまともに戦えるはずなどなかった。

「遣えるのは、城見だけじゃ。それこそ、他は足手まといになりかねぬ」

情けないことだと曲淵甲斐守が肩を落とした。

「城見さまをお借りすることは……」

「それならば問題ない。城見は好きに遣ってくれていい」

あっさりと曲淵甲斐守が認めた。

「では、残りの手筈《てはず》はわたくしがいたしまする。多少、人が寄りますがよろしゅうございますか」

幕府は庶民であろうが、武士であろうが、徒党を組むことを嫌う。ましてや浪人がまとまるのは慶安の由井正雪《ゆいしょうせつ》の乱以降、厳禁に近い。

「それくらいこちらでどうにでもする」

播磨屋伊右衛門の言葉に曲淵甲斐守がうなずいた。

「では、これで」

「いや、待て」

曲淵甲斐守が辞去しようとした播磨屋伊右衛門を止めた。

「一人遣えるかも知れぬ」

「どなたでございまするか」

播磨屋伊右衛門が首をかしげた。

「昨日、隠密廻り同心になった者じゃ」

「ご無礼を承知で申しあげますが……大丈夫でございますか」

曲淵甲斐守の出した名前に、播磨屋伊右衛門が危惧を表した。

「大丈夫かどうかを見極めるうえでも、遣いたい」

「甲斐守さま」

試金石にすると言った曲淵甲斐守を播磨屋伊右衛門が睨んだ。咲江の命を囮にして、刺客を誘うときに、信用できない者を抱えこむなど、論外であった。

「わかっているがの、城見だけでは薄い。襲いきた者を排除あるいは捕縛するには、町方の者でなければなるまい」

曲淵甲斐守が正論を口にした。

町方役人でなければ、人を捕縛することは許されない。食い逃げや盗賊など現行犯ならば、その場で取り押さえ、町方を呼ぶ、あるいは自身番へ突き出すなどが認められている。が、これは特殊な場合であって、刺客などの場合はかなり面倒であった。

刺客も現行犯ならば捕まえられる。しかし、近づいてきたなどの疑いでは駄目なのだ。誰か一人が確実に襲われてくれなければ、庶民に捕縛はできない。対して、町方役人ならば、疑いだけでも捕縛、取り調べが許されている。

咲江が襲われる前に防ぐには町方役人が要った。

「隠密廻り同心になるほどの者だ。状況がどうなのかはわかっている。余を敵に回すことの恐ろしさもな。竹林や左中居などの与力たちを余が見逃しているのは、明らかな証がないからじゃ。だが、今回の話は違う。守りきれなかったときは、職務怠慢として罰せられる。前職を伊勢山田へ飛ばしてやったからな、咲江を奪われてのこのこ帰ってきて、そのまま町方におられるとは思っておるまい」

曲淵甲斐守が口の端を吊《つ》り上げた。

「町方役人は保身の塊じゃ。吾が身可愛さで、余を裏切りはすまい」

強く曲淵甲斐守が断言した。

「そこまでお奉行さまが仰せられるならば……」

播磨屋伊右衛門が首肯した。

「後ほど、そなたの店へ行かせる。この一件が片付くまでこき使ってよい。下がってよいぞ」

曲淵甲斐守が話は終わったと書付へ目を落とした。

三

陰蔵は江戸のほぼ中央を縄張りにする刺客の頭領であった。もっとも本業は賭場の支配などだが、そこは信頼する配下に任せ、己は人の生き死にを差配する神だと嘯いて刺客たちのまとめをしていた。

「人手は集まったかい」

表向き、商いで儲《もう》けたお金で悠々自適の生活を送っている隠居を装っている陰蔵は、茅場町《かやばちょう》の辻奥にあるしもた屋に住んでいる。そこへ陰蔵は手の者を集めていた。

「いけませんなあ、親方。この辺の連中は、女と見れば突っこむものだと思いこんでいる奴ばかりで」

商家の番頭風な身形《みなり》をした男が首を横に振った。

「おめえは、どうだ」

陰蔵が隣に座っている女に訊いた。

「何人か、金さえもらえればなんでもするという女を見つけましたけどねえ。男の下で股開いて、枕探しをするとか、金玉を握りつぶすとかいったまねしかしたことのない連中ばかりで、昼間から人さらいのできそうなのはいませんよ」

女も否定した。

「それもそうか。度胸があって、我慢のきく奴が、こんな半端仕事をするはずはねえな」

陰蔵が苦笑した。

無頼は度胸だけでやっていけた。目をつぶって匕首《あいくち》を前に突き出し、相手に向かって走っていければ、まず喰うには困らない。

「おれを誰だと思ってやがる」

大声で庶民を脅すだけで、金は入る。

だが、それではそこまでであった。無頼も一人ではできることなど知れている。上を目指すならば、人を使えるだけの器量が要った。その器量には知能も入る。未来《さき》を見こせないようでは、世渡りしていけない。

「これ以上やれば、町方が出てくる」

「あの縄張りを奪うには、こうすべきだ」

状況を判断し、策を巡らせる。それでなければ、いつまで経っても使い走りなのだ。

少なくとも、一時の欲望は抑えられなければならなかった。

「お羊《よう》と巳吉《みきち》には出てもらうが、二人じゃ、ちいと厳しいな」

「相手がその辺の町娘ならば、あたし一人でも十分なんだけどねえ」

お羊と呼ばれた女が陰蔵にしなだれかかった。

「相手が播磨屋の縁者となると、一人で出歩くはずはないからな」

言いながら陰蔵が、お羊の懐に右手を差しこんだ。

「……うふ」

胸乳を摑まれたお羊が身をよじった。

「何人で囲んでいようとも、そのすべてを殺せばすむだけであろう。守る者がいなくなった小娘一人、拙者《せっしゃ》だけでことが足りる」

少し離れたところで、柱に背をもたれさせていた浪人が簡単なことだと言った。

「たしかに、そうですがね。竜崎《りゅうざき》の旦那はやりすぎる。あまり派手に血を散らしてもらうと、町方がうるさくなります」

陰蔵が苦い顔をした。

「町方は手出ししてこぬのだろう。今回は」

竜崎と言われた浪人が確認した。

「たしかに、今回の元は北町奉行所の役人ですがね、いくらなんでも死人が山ほど出て、娘がさらわれたとなれば、隠しようもございませんよ。世間が騒げば、町方も動かざるを得なくなります」

陰蔵が釘を刺した。

「むっ。面倒なことよ」

おもしろくなさそうに、竜崎が口をつぐんだ。

「親方、播磨屋は何人くらい出しますかね」

巳吉が尋ねた。

「そうよな」

お羊の胸をいじりながら、陰蔵が思案した。

「いくら日本橋で指折りの大店とはいえ、町人だ。ぞろぞろと用心棒を連れ歩いては、町方が黙ってはいない」

幕府は八代将軍吉宗以来、何度も倹約令を出している。

「分相応にいたせ」

吉宗の倹約令は、贅沢を禁じ、身分、身代に応じた生活をするようにと命じている。

大名には大名の、武士には武士の、商人には商人のあるべき姿がある。大名が家臣を引き連れ、江戸の町を駕籠で行くのは当然だが、ただの武士は供を連れてもよいが、駕籠に乗ることが許されない。そして商人は、それよりも大人しくしていろと幕府は指図している。

すでに吉宗の死から十八年が過ぎ、倹約令も名ばかりのものとなっている。が、廃止されたわけではなかった。

そして、町人がその改革に反していないかどうかを確かめ、罰することができるのは、町奉行所であった。

「少し離れたところに四人、すぐ側に四人、あと前後に連絡役というところだな」

「都合十人か。ならば、煙草《たばこ》一服ほどの間で片付けられるぞ」

黙っていた竜崎が口を出した。

「十人も殺しては、目立ちすぎます。北町はまだしも、南町が動きます」

まだわかっていないのかと、陰蔵があきれた。

「殺さずに、女だけをかっさらうのが一番いいんですがね」

陰蔵が困った。

「向いていないことを引き受けてしまったとわかってはいますがね。金と町方役人への貸しは大きい」

「たしかに」

「金は要るの」

言った陰蔵に、巳吉と竜崎が同意した。

「最近、刺客の仕事がない。もう、二カ月も人を斬っておらぬ」

竜崎が不満を口にした。

「恨み言もなくなりました」

巳吉が首を横に振った。

「殺すまでもないけど、腕を折って欲しいとか、店を壊して欲しいとか、女を辱めてくれとか、いろいろあったんですがねえ」

陰蔵が嘆いた。

刺客だからといって、人の命を奪うだけではなかった。

「今度、家中で御前試合がある。なんとしてでも勝たねばならぬゆえ、相手方の利き腕を痛めつけてくれ」

「後から町内へ店を出したくせに、客を根こそぎ奪っていきやがった。二度と商売ができないように、店を潰しておくれ」

「貢がすだけ貢がせておいて、他の男と一緒になるなぞ、とても許せやしねえ。あいつを犯してくれ」

人の恨みは色々ある。

普通は恨みを飲みこんで、生きていく。やられた瞬間は腹立たしくとも、ときが経てば心の傷は癒され、恨みも薄れてしまう。半年、一年もすれば、新しい日々に忙殺され、過去の出来事は思い出すていどになる。

だが、なかにはいつまで経っても忘れない者がいた。

かといって、己が仕返しをすれば捕まる。人を殺せば死罪、店を壊せば入牢《にゅうろう》か遠《えん》島《とう》、女を犯せば入牢になり、まずその後の人生はなくなる。

そこで陰蔵たちのような連中が求められた。金さえ払えば、なんでもやる。殺しも火付けも、強姦《ごうかん》も、求めに応じてしてのける。

少し前まで、こういった依頼はそこそこあった。

「辛抱《しんぼう》が足らなくなったのだろう」

竜崎が吐き捨てた。

「己でやり返せば、我らは不要じゃ」

「たしかに、我慢しなくなりましたねえ。いや、後々のことを考えなくなったと言うべきなんでしょうか」

陰蔵も同意した。

「振られた瞬間に、女を殴る男、御前試合で木刀に鉄を仕込む剣術遣い、商いで負けたからと相手の店に暴れこむ店主。たしかに、己で片付ければ気分も晴れるでしょうが、それで捕まってしまえば、意味がありませんのにね」

「まったくで」

巳吉もうなずいた。

「あたしらのことを知らないからじゃ、ござんせんかい」

お羊が口を挟んだ。

「それもあるでしょうよ。店のように引き札を配る、看板をあげるというわけにはいきません。適当に仕事ならなんでもいいと受けるわけにもいきませんからね。どうしてもお得意さまだけを相手にすることになる」

当たり前だが刺客は御法度《ごはっと》である。見つかれば、町方役人に追いかけ回されるし、捕まればまず死罪になる。とても大っぴらにはできなかった。

「そのあたりのこともある。北町奉行所に恩を売るというか、弱みを握るのは、後々のためにも大きいと思う。なんとかして、この依頼を無事にすませたい」

町方役人が娘をさらえと頼んできた。これをうまく利用すれば、陰蔵たちの身はかなり安全になった。その代わり、失敗したときは、確実に口封じされることになる。

「完璧な仕事をしてのけてこそ、次がある。まちがえても娘に傷を負わせるわけにはいきませんからね。慎重にことは運ばないといけません」

穏やかな口調で陰蔵が告げた。

播磨屋伊右衛門が、曲淵甲斐守を訪れ、半刻（約一時間）近く二人きりで話をしていたというのは、その日のうちに左中居作吾の耳に届いた。

「播磨屋伊右衛門といえば、あの娘の保護者であるな」

町奉行所の門番から、本日通過した者の報告を受けた左中居作吾が、難しい顔をした。

「新しい下り酒の名前をお奉行に決めてもらいたくて来たとの話だが……」

「そんなはずはなかろう」

左中居作吾から聞かされた竹林一栄が否定した。

「どこで知り合ったかだが……」

今まで曲淵甲斐守と播磨屋伊右衛門との間に接点はなかった。

「曲淵家に播磨屋が出入りしていたというのもあり得るぞ」

左中居作吾が甘い観測を口にした。

「己でも信じておらぬことを言うな」

竹林一栄が不機嫌な顔をした。

「すまぬ」

左中居作吾が詫びた。

「まさかと思うが、気づかれたのではなかろうな」

「それはないだろう。播磨屋伊右衛門は商人だ。それも御上御用達《ごようたし》のまっとうな商人だぞ。闇《やみ》との付き合いなんぞあるまい。お奉行もそうだ。目付、大坂西町奉行と光のあるところを歩いてきている。陰があるなど知りはすまい」

左中居作吾の懸念を竹林一栄が一蹴した。

「ああ」

竹林一栄の話に、左中居作吾がうなずいた。

「では、なにをしに来たのだろう」

「わからぬ。訊いてみるか」

「誰に」

左中居作吾が首をかしげた。

「お奉行によ」

竹林一栄が笑った。

「思いきったことを……」

「おぬしは、山上を問いただしてくれ」

驚く左中居作吾に、竹林一栄が頼んだ。

「承知した。金をちらつかせるか」

「いや、あまりくれてやるのもよくない。誰が飼い主かをしっかり知らしめておかないと、つけあがる」

金で口を割らせるかと訊いた左中居作吾に、竹林一栄が首を左右に振った。

「わかった。こちらは任せてくれ」

左中居作吾が首肯した。


町奉行と町方役人は密接に協力しあわないと、江戸の治安は守れない。なにせ、町奉行所には南北合わせて与力四十六騎、同心二百四十人しかいないのだ。それで天下の城下町の治安を維持し、行政を安定させるには、町奉行所が一丸とならなければ無理である。

この建前から、町奉行所の筆頭与力は、いつでも奉行役宅に出入りできた。

「御免を」

竹林一栄が、内与力の案内を受けることなく、曲淵甲斐守のもとへ来た。

「なんじゃ」

曲淵甲斐守が機嫌の悪い声で迎えた。

「不意の来訪、お詫びいたしまする。いささかお伺いしたいことがあり、参上仕りましてございまする」

形だけの詫びを竹林一栄が述べた。

「訊きたいこと……なんだ」

険しい顔のまま曲淵甲斐守が問うた。

「畏れ入りますが、他人払いをお願いいたしたく」

竹林一栄が、曲淵甲斐守の前にいた亨を見た。

「わたくしは、外で」

亨が立ちあがった。

「待て。そのままでおれ」

曲淵甲斐守が同席を命じた。

「お奉行さま、それは……」

竹林一栄が密談だともう一度言った。

「内与力は、吾が手足、吾が耳目である。たとえ、今、座を外させても、後ほど余がすべてを語るぞ」

亨は腹心だと曲淵甲斐守がはっきりと宣言した。

「…………」

眉間《みけん》にしわを寄せて、竹林一栄が黙った。

「用がないならば、帰れ。忙しい」

午前中を江戸城内で過ごさなければならないため、町奉行の執務時間は他職に比べて短い。だが、仕事は他の役目よりも多いのだ。煙草を吸うだけの時間も無駄にはできなかった。

「町奉行と筆頭与力は緊密でなければなりませぬ。ご信用がなければ、職務の遂行に支障が出まする」

竹林一栄がもう一度苦情を言った。

「亨、この書付より日付けが古いものがあるはずだ。探せ」

「しばし、お待ちを」

曲淵甲斐守と亨は竹林一栄を無視して、仕事に戻った。

「これでございますか」

「そうだ。それとこれを突き合わせ、数の違いを出せ」

書付の山を漁《あさ》った亨が見つけたものを差し出し、目を落とした曲淵甲斐守がうなずいた。

「……お奉行さま、お伺いしたいことがございまする」

ついに竹林一栄があきらめた。

「城見どのがおられてもよろしゅうございまする」

竹林一栄が亨を睨みつけながら、言った。

「ならば、さっさと申せ」

曲淵甲斐守が急かした。

「本日、播磨屋がお目通りをいただいたと聞きましてございまする。播磨屋は何用で参りましたのかお聞かせ願いたく」

「播磨屋……ああ、日本橋の酒問屋だな。たしかに参ったな」

わざとらしく、曲淵甲斐守が思い出してみせた。

「…………」

重ねて要求するのは嫌なのか、竹林一栄が沈黙で先を促した。

「たいした用ではなかったぞ。一つは新しい灘の酒を献上するというのと、もう一つは親戚の娘のことであった」

「娘の……」

竹林一栄が息を呑んだ。

「うむ。なんでも娘の嫁入り先を探しておるとかで、余に良縁を頼みに来たのだ」

「なにを言われる。おふざけになられては困りまする」

縁談の仲立ちだと答えた曲淵甲斐守に、竹林一栄が憤った。

豪商とはいえ町人の播磨屋伊右衛門と曲淵甲斐守では身分が違いすぎた。播磨屋伊右衛門から曲淵甲斐守に縁を求めることはありえなかった。

「ふざけてはおらぬぞ」

曲淵甲斐守が冷静に返した。

「……」

竹林一栄が黙った。

「よき縁を作ってやるのも、町奉行として率先すべき事柄だと思わぬか」

「そのようなお話を聞いたことはございませぬ」

前例がないと竹林一栄が否定した。

「なんにでも最初というのはあるぞ。御上が八月一日を格別な日としているのも、神君家康公が初めて江戸へ入られた日だからじゃ。これがなければ、八朔《はっさく》の日というのは、御上にとってどうでもよいものであったはずじゃ」

幕臣にとって絶対者である徳川家康の名前が出れば、議論はそこまでになる。曲淵甲斐守が、話をずらしてごまかした。

「……………」

竹林一栄が口をつぐんだ。

「用件はそれだけか」

曲淵甲斐守が訊いた。

「どのようにお応えをなさいました」

播磨屋伊右衛門の来訪の理由を認めて、竹林一栄は詳細を尋ねた。

「そこにおる亨を紹介しておいた」

「それは……」

「えっ」

曲淵甲斐守に見られた亨と言われた竹林一栄が絶句した。

「亨、播磨屋伊右衛門と面識を得たであろう」

「たしかに会いましたが」

まちがえてはいない、亨は首肯した。

「ということじゃ。わかったならば下がれ」

曲淵甲斐守が手を振った。

「お邪魔をいたしましてございまする」

命じられてはしかたがない。竹林一栄が一度退《ひ》いた。

四

「殿」

竹林一栄がいなくなるなり、亨が曲淵甲斐守に詰め寄った。

「奉行じゃ」

呼びかたを曲淵甲斐守が注意した。

「申しわけございませぬ」

主君に叱られて、亨は詫びた。

「さて、少し話をしよう」

曲淵甲斐守が手にしていた書付を置いた。

「近くに寄れ」

他聞を憚ると曲淵甲斐守が亨に大声を出すなと釘を刺した。

「本日、播磨屋伊右衛門が来たのはまちがいない」

「はい」

亨もそれは知っていた。

「そのときに話をしたのは、先ほどのような明るいものではない」

「ではなぜ……」

「黙って聞け。そのうちにわかる」

一々質問をするなと曲淵甲斐守が言った。

「申しわけございませぬ」

亨が頭を下げた。

「ことが大坂西町奉行所諸色方筆頭同心西二之介の娘についてであった」

「…………」

咲江が出てきたことで亨は目を大きくした。

「その西の娘が狙われておる」

「咲江どのが……」

亨が驚愕《きょうがく》の声を出した。

「静かにせい」

外へ聞こえると曲淵甲斐守が、亨を叱った。

「すみませぬ」

亨はあわてた。

「落ち着け。落ち着いて聞け」

曲淵甲斐守が亨を宥《なだ》めた。

「先日の刺客騒ぎを覚えておるな」

「もちろんでございまする」

己が当事者なのだ、忘れるはずもなかった。

「後ろに誰がおるかくらいは、わかっておろうな」

「神田の次郎がわたくしを誘い出し、その上司に当たる板谷が江戸から消えた。少なくとも、板谷がかかわっていることはわかっておりまする」

「ごまかすな」

答えた亨に曲淵甲斐守が厳しい声を出した。

「…………」

亨は黙った。

「その板谷を失敗とわかってすぐに草津の宿へ、送り出した。北町奉行所ぐるみだとわかっているだろう」

「……はい」

確認された亨がうなずいた。

「さて、話を戻そう。あのとき、そなたを襲った浪人の親方と言われる者が、西の娘をさらおうとしているらしい」

「なぜ、咲江どのをさらうのでございますか」

意図が汲《く》めないと亨が首を左右に振った。

「余に枷《かせ》を嵌めたいのであろうな」

曲淵甲斐守が眉間にしわを寄せた。

「お奉行さまに枷を……」

「そうだ。少し前まで余の配下であった西の娘が、余のせいでさらわれたとなれば、面倒になる。救い出せれば問題はないが、町方が敵の状態では難しい」

人さらいに遭った女や子供を見つけるには、地の利が絶対条件であった。どこに空き家があり、どの辻が向こうへ抜けているかなどの情報がなければ、人質の居場所を特定することはできないと同時に、犯人たちの逃走を防ぐことはできない。

人質の奪還に失敗し、犯人を逃がしでもしたら、その先にあるものはわかっている。見せしめとして人質が殺される。

そもそも庶民など気にもしていない幕府である。町奉行所の不手際で人質が殺されたくらいで、老中たちが騒ぎたてることはない。だが、曲淵甲斐守を追い落として、その後釜に座ろうと考えている連中は黙ってはいなかった。

「十分な準備もせず、無理を仕掛けるなど、町奉行としてあるまじき失態」

「聞けば、町奉行所の役人たちとうまくいっていないというではないか。そのような者に、お膝元の治安を預けてよいものだろうか」

まさに鬼の首を獲《と》ったと言わんばかりに騒ぎたててくれる。

悪評が大きくなれば、老中たちも動き出す。老中とはいえ、世評は気にしている。城下が不穏になれば、老中の責任になるときもあるのだ。

「少し、休め」

その場では見逃した老中が、世評の標的として曲淵甲斐守を利用する。結果、曲淵甲斐守は町奉行を罷免され、二度と役職に就くことはなくなる。

ましてや人質が、曲淵甲斐守に縁があったためにさらわれたとなれば、責任を取れとの声はより強くなる。

「そのようなことを……」

聞いた亨が憤った。

「早速に町奉行所の与力、同心を締めあげて……」

「愚か者が」

腰をあげかけた亨を、曲淵甲斐守が叱責《しっせき》した。

「少しは考えて動け。とりあえずなにかをしなければというのは止《や》めよ。かえってことを悪くする」

曲淵甲斐守があきれた。

「……………」

「わからぬか。余は町奉行ぞ。その町奉行が、町方役人に反発されているなどと世間に知られてみよ。その任に能《あた》わずとなる」

配下を指揮できない者に役目は務まらない。曲淵甲斐守が町方役人を捕縛することは愚策でしかなかった。

「では、このまま見過ごせと仰せでございますか」

亨が曲淵甲斐守を見上げた。

「余を甘く見るな」

曲淵甲斐守が亨を睨んだ。

「逆手に取る。これを抑えこんで、逆に与力、同心どもの弱みを摑む。奉行を脅したとの証拠があれば、与力、同心がいかに世襲で、江戸の治安に精通しているとはいえ、許されることはない。それを使って、あの馬鹿どもを、余の走狗《そうく》となす」

「しかし、それでは咲江どのを危なくさせることになりましょう」

咲江の身のことを亨は危惧した。

「向こうから申してきたのだ」

「咲江どのが……」

亨が驚愕した。

「余のもとに話を持ってきたのは、播磨屋伊右衛門だがな。発案は西の娘だそうだ」

「なんということを」

咲江のお俠《きゃん》はよく知っている。だが、ここまで思いきったことをするとは思っていなかった。

「尻に敷かれるな」

「………」

口の端を吊り上げた曲淵甲斐守に、亨はなにも言えなかった。

「西の娘を囮として、さらいに来た者を捕まえる。そこから繋がる糸をたぐり、与力、同心を叩く」

「どうやって咲江どのを守るのでございましょう」

策を語る曲淵甲斐守に亨が訊いた。

「そなただ」

「はあ」

指さされた亨が、間の抜けた声をあげた。

「………………」

唖然としている亨を曲淵甲斐守が情けないものを見るような目をした。

「先ほどの話をなんのためにしたと思っておる」

「……先ほどの話」

亨はまだ理解できていなかった。

「播磨屋伊右衛門のことだ」

「わたくしの縁談でございますか」

「そうだ。わからぬのか。西の娘は播磨屋に住んでいる。その娘を守るには、どうしても近づかねばなるまい。縁談話があれば、それを理由にできようが。そなたが播磨屋を訪れても、西の娘がそなたを訪ねてきても不思議ではない」

「なるほど」

そこまで教えられて、ようやく亨は意味を飲みこんだ。

「そのために、そなたを同席させたのだ」

「はい」

亭が首を縦に振った。

「大坂へ西の娘を帰せばすむのだが、その道中が保証できぬ。それこそ、途中でなにかあったら、無理矢理追い返したことで娘が大変な目に遭ったと西二之介まで敵に回しかねぬ。大坂西町奉行所諸色方は、上方の商人に絶大な力を持つ」

諸色方はものの物価を統制する。なになにが高すぎるゆえ下げろとか、品不足ゆえ、持っているものを放出しろとか、商人たちへ指示できるのだ。上方の商人にとって、将軍よりも怖い相手である。西二之介に言われた上方商人が、出入りの大名に働きかければ、曲淵甲斐守を失脚させることもできた。

「咲江どのを守りきるしかない……」

「そうだ。なにがあっても無事でいさせねばならぬ」

亭の呟きに曲淵甲斐守が首肯した。

「早速に……」

咲江が危ないとわかった亭が焦った。

「大丈夫だ。警固の準備が整うまで、西の娘は播磨屋で足留めされている。あわてずともよい」

曲淵甲斐守が止めた。

「まずは、明日にでも播磨屋へ行き、打ち合わせをして参れ」

「承知いたしましてございまする」

亭が平伏した。

左中居作吾は、山上を奉行所の空き座敷へ呼び出していた。

「ご足労をいただき、かたじけない」

内与力は筆頭与力上席扱いを受ける。左中居作吾が、山上を上座に据えた。

「いやいや、いつなんなりとでもお申しつけいただきたい」

町奉行所年番方与力は、山上たちの金主である。山上は手を振って、左中居作吾の礼を不要だと表した。

「で、今日はなんでござろう」

呼び出しの理由を山上が尋ねた。

「本日、播磨屋伊右衛門が参りましたな」

「さようでござるな」

「なにをしに参ったか、ご存じではございませぬか」

うなずいた山上に、左中居作吾が訊いた。

「……申しわけないが、わかりませぬ」

山上が首を横に振った。

「最近、来客があっても、同室はおろか近づくことさえ許されておらず、話を耳にすることもできませぬ」

「……それは」

左中居作吾が小さく眉をひそめた。

「いや、お手数をおかけしました。本日はこれだけで」

さっさと左中居作吾が、山上を追い返した。

「…………」

眉間にしわを寄せたまま、左中居作吾が年番方与力控へ戻った。

「左中居」

まもなく、年番方控の襖が開き、竹林一栄が、左中居作吾を呼んだ。

「今、参る。これとこれを片付けておけ」

左中居作吾が配下に指示を残して、席を立った。

町奉行所のなかは、筆頭与力の竹林一栄と年番方与力左中居作吾が牛耳っている。他人の目を気にしなくていいのだが、同心や小者に報せるべきではない話もある。配下たちをうまく使うには、与える情報を制限するべきであった。なんでも教えてしまうと、異論が出やすくなり、奉行所が割れかねない。

「……どうであった」

空き座敷へ入った竹林一栄が、立ったままで問うた。

「無駄でござったわ」

左中居作吾が山上との遣り取りを語った。

「……役立たずが」

竹林一栄も山上を罵倒した。

「無駄金でございましたな」

町奉行となった旗本の家臣から選ばれた内与力は、町方役人との折衝を任とする。町方役人からの要望を取次ぎ、町奉行の指示を伝える。内与力は、町奉行と町方役人を繋ぐ重要な役目であった。

その内与力を代々の町方役人は金で囲いこんでいた。町奉行は三千石以下の旗本から選ばれることが多い。

とくに八代将軍吉宗が有能な者を抜擢しやすくするためにおこなった足高制を取ってから、千石内外の旗本が町奉行に推されることが増えた。それくらいの旗本の家臣となれば、家禄はよくて五十石、少なければ二十石もあり得る。年になおして二十両いくかいかないかでは、生きていくのが精一杯で、酒を飲んだり女を抱いたりといった余裕はない。他にも娘の嫁入り費用、親の病気などで金が要るときもある。そこに町方役人はつけこみ、金で内与力を自家薬籠中《じかやくろうちゅう》のものにする。

「なかなかよくしているようでございまする」

「昨日もこのような手柄を立てたとか。これでお奉行さまのお名前もあがりまする」

もともと家臣として信頼しているからこそ、内与力としているのだ。その内与力が、町方役人を褒めれば、町奉行もそれを信じる。

さすがに町奉行を買収するわけにはいかない町方役人は、内与力を懐柔することで波風の立たないようにしてきた。

もちろん、町奉行になろうかという老練な役人である。町奉行も内与力が金に負けているとわかっている。ただ、その功罪を天秤《てんびん》にかけ、利が多いと判断するから見逃してきた。

あえて町方役人との間に波風を立てない。そうして、難役の町奉行を無事に勤めあげ、家格を三千石格として固定することを狙う。

八代将軍吉宗により、格に合わない役目を命じられた間、足りない分の禄が支給される。これは薄禄で有能な人材を登用しやすくした代わりに、役目に就いても禄が増えないという弊害を生んだ。幕府にとっては、役目に就くたびに加増して、財政が圧迫されるよりは、はるかにいい制度だが、登用される旗本にしてみれば、役目から外れたとたん、もとの禄へ戻されるのだ。これでは熱心に励まないと、八代将軍吉宗の死後、布衣《ほい》格以下の旗本が布衣格の役目になったときは、ふさわしいだけの禄に足される。御家人が旗本役を命じられたときは、永年目通り格となるなどの慣習ができた。なかでも町奉行と、勘定奉行、側用人《そばようにん》は別格扱いされ、二十年前後の年数が要るとはいえ、加増と家格の昇進が与えられた。二十年は長いが、その間耐えれば、己はそこで役人として終わっても、本禄と家格があがったお陰で、跡継ぎの初役もあがる。親が苦労して小納戸から書院番、小姓番《こしょうばん》、遠国奉行《おんごく》、町奉行と年数をかけて昇進したのが、息子はいきなり小姓番やお先手《さきて》組頭から出発できるのだ。親として子によいものを残したいと思えば、町奉行所の悪癖など見て見ぬ振りできる。

それを曲淵甲斐守はしなかった。もっと早く己が昇進しようとした。ここから二十年待つよりも、数年で結果を出すと考えている。

もっとも盗賊をいくら捕まえたところで、町奉行の手柄にはならなかった。盗賊捕縛は不浄役で、褒賞の対象ではない。

町奉行が手柄を立てるには、行政でなければならなかった。

大岡越前守忠相が、一千九百二十石の旗本から一万石の大名に出世したのも、吉宗の寵愛《ちょうあい》だけではなかった。大岡越前守は、町奉行となって、吉宗の推進する改革をおこない、無駄な人件費となっていた町内の運営事務を担当する町代《ちょうだい》を減員させたり、貧民救済として小石川《こいしかわ》養生所を造り、防災の推進として町火消しを創設するなどした。

これらの手腕が認められたことで大岡越前守は、町奉行から寺社奉行へと栄転、旗本から大名へとのしあがった。

これからもわかるように町奉行にとって治安は己の評判を落とさないていどであればよく、江戸のことを隅から隅まで知っている町方役人を使って、行政改革をなし遂げることこそが肝心であった。

「奉行は、我らを本気で従えるつもりか」

竹林一栄が怖れた。

「我らを踏み台に、高みへと上る」

左中居作吾も小さく首を振った。

そうそうに手柄となる行政改革などできるものではない。町人たちの要望、支持がなければ、どのような改革も長続きしない。

町人たちの思いを知っている町方役人の協力なしにはできないが、そんな面倒なまねをしたところで、出世のない与力、同心には骨折り損でしかないのだ。

やる気のない町方役人に檄《げき》の声をかけるより、支配して従わせるほうが確実だと曲淵甲斐守は考えている。

そう竹林一栄と左中居作吾は取った。

「従わなければ我らは任を外され、従えば酷使されてすりつぶされる」

竹林一栄が、左中居作吾を見つめた。

「それではたまらぬ」

左中居作吾も竹林一栄を見つめ返した。

「奉行と我ら。どちらが生き残るか、戦いじゃ。負けるものか。小身には小身の戦いようがあることを教えてやる」

強く竹林一栄が宣した。

第三章　獅子身中の虫

一

闇には闇のしきたりがある。

仕事は期限が定められていなくとも、できるだけ早く終わらせる。そして、獲物が逃げ出さないように見張るというのも仕事の一つであった。

「出てこねえな」

日本橋播磨屋を見張っている陰蔵の手下が呟いた。

「なかを見に行くのも無理か」

酒問屋というのは、大きく二つに分かれる。一つは庶民が一升徳利《とっくり》を持って買いに来る小売りもする店、もう一つは大名家や商家へ四斗樽《しとだる》単位で納品する店である。

播磨屋は灘の下り酒で名の知れた店で、一升、二升の小売りは基本おこなっていない。ただし、近隣の顔なじみ客ならば小売りもする。が、初めての者が出入りすることは難しかった。

「裏口は、馬《うま》の野郎が見張っているし、店主の一族が裏から出入りするはずはねえだろうし」

武士にもあるように、商家にも格式はある。町内の小さな店ならば、そんなにうるさいことは言わないが、江戸の表通り日本橋の大店ともなると、ちょっとした旗本よりも厳しい決まりがあった。

当主あるいは一族が外出するときはかならず供が付き、奉公人が店の前に並んで見送るのが普通であった。

「おっと、人が出てくる」

すっと手下が用心桶《ようじんおけ》の陰へ身を潜めた。

「ありがとう存じまする」

「明日の昼には宴席が始まりますからね、今日中に届けておくれよ」

播磨屋の暖簾《のれん》を割って出てきたのは、番頭と客であった。

「承知いたしております。夕方までには、かならず」

番頭がうなずいた。

「頼みました」

念を押して客が背を向けた。

その背中が人混みに紛れるまで、番頭が見送った。

「ちっ、客か」

見ていた手下が舌打ちした。

「番頭さん」

そこへ別の者が顔を出した。

「伊兵衛《いへえ》さんか」

来たのは、咲江の母親の実家で播磨屋伊右衛門の姉が嫁いだ大坂の海産物問屋西海屋の手代伊兵衛であった。

伊兵衛は大坂の西海屋本店から、江戸へ向かう咲江の付き人として江戸の出店へと異動してきていた。

「お嬢《とう》はんは」

「奥におられるよ。でも、今日は外へ出られないよ」

問うた伊兵衛へ番頭が答えた。

「えっ……お嬢はん、病でも」

伊兵衛が驚いた。

「違う、違う。病どころか元気すぎて困るくらいだけどね。大旦那さまから禁足を言われてね」

「禁足ですか、それはまた。なんぞ悪さしはりましたな」

番頭の説明に、伊兵衛が驚いた。

「逃げ出してはりませんか」

伊兵衛が声を低くした。

「大奥さまがずっとご一緒なさっているから、大丈夫だと思う」

番頭が伊兵衛の危惧を否定した。

「お目にはかかれますやろか」

「伊兵衛さんが来たら、通すようにと大旦那さまから命じられているよ」

暖簾を持ちあげて、番頭が伊兵衛を誘った。

「あの野郎が、西海屋から出された手代か。荒事なんぞできそうにねえ、青びょうたんじゃねえか」

用心桶の陰から出てきた手下が、鼻先で笑った。

「獲物はなかか。顔さえ出してくれねえんじゃ、ずっとここで待ちかい。退屈だなあ」

手下がため息を吐いた。

店の奥へ案内された伊兵衛は、播磨屋伊右衛門の前で縮こまっていた。

「いつも咲江が手間をかけて、申しわけないね」

「と、とんでもございません」

ねぎらわれた伊兵衛が、慣れない口調で応じた。

「お俠にもほどがあるだろう。あれで武家の娘だというんだから、大坂がどれほどすごいかが、よくわかる」

播磨屋伊右衛門が苦笑した。

大坂が武士に敬意を払わないところだということは、播磨屋伊右衛門も知っている。御上になにも期待せず、独立独歩でいくのが大坂商人の気概である。御上とうまく付き合って、商いを大きくしていこうとする江戸とは、大きな違いがあった。

「申しわけおまへん」

己が叱られたかのように、伊兵衛が身を縮めた。

「固くならないでいいよ。伊兵衛さんは、播磨屋の奉公人じゃないんだからね」

播磨屋伊右衛門が、苦笑した。

「そう言われましても……」

大店の主と一対一で向き合い、落ち着いていられるのは、同じくらいの店の主だけである。西海屋という大坂を代表する海産物問屋とはいえ、手代に過ぎない伊兵衛が緊張するのは当然であった。

「さて、ちょっと話を聞いてもらいたいんだが……」

播磨屋伊右衛門が、伊兵衛を見た。

「なんでございますやろ」

伊兵衛が姿勢を正した。

「咲江が狙われているんだよ」

「お嬢はんが……誰に」

伊兵衛の目つきが変わった。

「陰蔵という無頼の親方が、咲江をさらって曲淵甲斐守さまを抑えようとしているらしい」

「……陰蔵」

険しい顔で伊兵衛が繰り返した。

「お嬢はんを足止めせんならんほど、面倒な奴ですねんな」

伊兵衛の口調が戻った。

「ああ」

「やっぱり。たいしたことない奴やったら、播磨屋さんがどうにでもできますやろうし、ちいと危ないくらいなら、大坂へ帰してしまえばすみます。それがでけへんということは、相当危ない相手」

「さすがだね。西海屋得兵衛《とくべえ》さんが選んで付けただけのことはある」

播磨屋伊右衛門が、感心した。

「どうなさります」

伊兵衛が訊いた。

「守るための用意をしている最中でね。今、いい人を探してもらっている。ついては、おまえさんの立つ位置を決めておきたくてね」

「わたしの立つ位置は変わりません」

問うた播磨屋伊右衛門に、伊兵衛が告げた。

「今までどおり、咲江の隣にいてくれると」

狙われている者の隣は、巻きこまれるのが前提であった。

「当たり前のことで。わたしは、西海屋の旦那から言われて江戸へ付いてきたんでっせ。今さら逃げ出せますかいな。そんなことをしたら、大坂へ二度と戻れまへん」

伊兵衛が首を横に振った。

「ありがとうよ」

播磨屋伊右衛門が、礼を述べた。

「とんでもないことで」

伊兵衛があわてた。

「当然のことだ。わたくしの身内のために命を懸けさせるんだから」

頭を下げた播磨屋伊右衛門が、告げた。

「その代わり、遠慮なく使う」

「すり減ることはおまへん。どうぞ、ご指示を」

伊兵衛がうなずいた。

「咲江がね、囮になると言うんだよ」

「なにを」

播磨屋伊右衛門の言葉に伊兵衛が気色ばんだ。

「いつまでも隠れているのは嫌だとね」

「お嬢はんらしい」

伊兵衛がため息を吐いた。

「闇の連中はしつこい。依頼主が取り下げるか、遂行できないくらいの打撃を与えないと、いつまでも狙ってくる」

「へい。大坂でもいてますよって、よくわかります」

播磨屋伊右衛門の言葉を伊兵衛も認めた。

「でね、万全の体制を取って、相手を迎え撃とうとなったんだ」

「お嬢はんの安全は、問題おまへんので」

伊兵衛が問うた。

「できるかぎりのことはする」

「……できるかぎりでは、あきまへん」

伊兵衛が反対した。

「そういうわけにはいかない。もう、この話は曲淵甲斐守さまのところまで通ってしまっているからね」

「甲斐守さまが……」

言われた伊兵衛が目を剝いた。

「なんで町奉行さまを」

伊兵衛が要らぬことをするとばかりに、播磨屋伊右衛門を非難した。

「町奉行さまを味方にしておくべきだと思ったのだよ。御上の力というのは、大きいからね」

播磨屋伊右衛門が、応じた。

「どのように力を貸してもらえると」

まだ伊兵衛は納得していなかった。

「城見さまともう一人、隠密廻り同心を咲江に付けてくださるそうだ」

「……城見はんでっか」

少しだけ伊兵衛は思案した。

「なるほど。城見はんが近くにいてはったら、お嬢はんは大人しい」

「そういうことだ」

すぐに気づいた伊兵衛に、播磨屋伊右衛門が首肯した。

「わたしはなにをすれば」

状況を変えられないと悟った伊兵衛が、播磨屋伊右衛門に尋ねた。

「甲斐守さまから付けられた隠密廻り同心の見張りを頼みたい」

播磨屋伊右衛門が言った。

「やはり信用できまへんか」

「できないね。甲斐守さまは、そこまで愚か者ではなかろうと仰せだったけど、町方は皆親戚みたいなものだからねえ」

播磨屋伊右衛門が、首を横に振った。

「それに……」

一度播磨屋伊右衛門が、間を空けた。

「甲斐守さまを信用するのも怖いしね」

播磨屋伊右衛門が、声を潜めた。

「……ごくっ」

伊兵衛が唾を飲んだ。

「なにか用意するものはあるかい」

「…………」

播磨屋伊右衛門の質問に、伊兵衛が少しだけ思案した。

「慣れてない武器なんぞ、扱うわけにはいきやせん。入り用なものは、こちらで用意いたします」

口調をていねいにして、伊兵衛が断った。

陰蔵はじっと待ち続けていた。

「焦らなくても、かならず出てくるからね」

亀のように籠《こ》もっている咲江に苛立《いらだ》つ配下たちを、穏やかに陰蔵が宥めた。

「吾妻屋《あづまや》が文句を言いましょう」

巳吉が陰蔵を急かした。

「言われても出てこないものはしかたないだろう」

「いっそ、店に火をかけようではないか」

竜崎も我慢できないと言った。

「無茶はいけませんよ。播磨屋は日本橋表通りですよ。そんなところに火付けをしてご覧なさい、火付け盗賊改めが黙ってませんよ」

東海道の出発点でもある日本橋は、江戸の顔である。東海道を上って参勤交代で国へ帰る大名たちも、かならず日本橋を通る。日本橋を通ることで、その威容を見せつけるのだ。

それだけに人通りも多く、町奉行所はもちろん、火付け盗賊改めも目を光らせていた。

「では、躍りこむか。五人もいれば、商家ごとあっさりと潰せよう」

竜崎が提案した。

「火を付けるのと同じですよ、それ」

陰蔵が苦笑した。

「しかし、このままでいいとは思えません」

己の意見とは違うことを陰蔵が言い出した。

「いつまでも手下を張りつかせておくわけにもいきませんしね」

手下といえども金をやらなければならない。いや、金をくれてやることで従わせているのだ。

「どうすると」

竜崎が問うた。

「騒動を起こしてみましょうか。町奉行所がどう出るかを確かめておくのもいいですし」

陰蔵が述べた。

「なにをやるのでござんす」

騒動と言ったとたん、巳吉が興奮した。

「おもしろそうじゃの。拙者も出るぞ」

竜崎も身を乗り出した。

「手当は出しませんよ」

金はやらないと陰蔵が言った。

「懐に入っているぶんは、構いませんが」

獲物から取るのはいいと陰蔵が付け加えた。

「ありがたい」

「道具もよいだろう」

巳吉が喜び、竜崎が厚かましいことを口にした。

「よろしいですが、足の付かないようにしてくださいな」

陰蔵があきれた。

「で、なにをする」

竜崎が問うた。

「火付け盗賊改めの目を他へ向けたいと思います。日本橋から離れたところ……そうですねえ。麴町《こうじまち》のあたりで、商家に押しこみでも仕掛けてもらいましょう」

押し込み強盗をしろと陰蔵が命じた。

「どこでもいいんで」

裁量に任せてくれるのかと巳吉が訊いた。

「預けますよ。殺しも盗みも好きなだけ。派手にしてきてください」

陰蔵がうなずいた。

二

江戸町奉行の内与力は、午前中に私用をすませることが多かった。これは仕えるべき主君が、登城していて留守なため、することがあまりないからであった。

「出て参りまする」

曲淵甲斐守の登城行列を見送った亨は、町奉行所を出た。

「……後を付けられている」

常盤橋御門を出たところで、亨は背後に気配を感じた。

「さすがはお奉行さまだ」

亨は感心した。縁談の相手のもとを訪ねるのは当たり前のことであり、堂々と播磨屋へ出入りができる。

「何度出入りしても不思議ではない」

足を進めながら、亨は独りごちた。

「……小者か」

辻を曲がるとき、さりげなく後ろを見た亨は、尻端折《しりはしょ》りをした中年の男の姿を目に入れていた。

「ばれたな」

後を付けていたのは、竹林一栄から十手を預けられている御用聞き、吾妻屋嘉助《かすけ》であった。

筆頭与力の手札をもらうだけあって、吾妻屋嘉助は優秀な御用聞きであった。

「剣術を遣う奴は、だから面倒なんだ」

吾妻屋嘉助がぼやいた。

剣術でも槍術《そうじゅつ》でも柔術でも、武芸はどれも人と対峙《たいじ》するものである。人と人が剣を突き合わせ、槍《やり》を構え合い、襟を摑み合う。こうしたとき、いつ相手が仕掛けてくるかを見抜けるかどうかが、勝敗の大きな分かれ目になった。

相手の出鼻をくじく先《せん》の先《せん》、動きを見てから最良の手段を執る後《ご》の先《せん》、どちらも武術の極意だが、敵の気配を探《さぐ》れなければ遣えなかった。

「まあいい。ばれたらばれたでやりようはある」

吾妻屋嘉助もまた手練《てだ》れであった。

「圧迫をかけてやれば、どうなるかの。お若いの」

亨の若さを吾妻屋嘉助は利用しようと決めた。

吾妻屋嘉助を引きつけたまま、亨は播磨屋を訪問した。

「ごめん、曲淵甲斐守が家臣、城見亨と申す。主どのにお会いしたい」

縁談は私事になる。北町奉行所内与力の肩書きは使えなかった。

「へい。伺っておりまする。しばらくお待ちを」

店先にいた手代が反応した。

「……ようこそお出でくださいました」

どれほどの豪商であろうが、商人は武家よりも下になる。身代で言えば百倍どころか千倍に近い播磨屋伊右衛門が、亨を出迎えるため店先まで来た。

「先日はかたじけないことでございました」

一件の後始末を手伝ってもらった礼を亨が述べた。

「そのようなことは、奥で」

播磨屋伊右衛門が、亨を手で制した。

店先は暖簾があるとはいえ、外から覗ける。播磨屋伊右衛門が、亨を奥へ連れこんだ。

「お運びをいただき、ありがとうございまする」

武家を呼びつけた形になる。まず、播磨屋伊右衛門が、詫びた。

「いえ。主の指示でもございまする」

播磨屋へ行けと曲淵甲斐守に言われたからこそ、亨はここにいる。播磨屋伊右衛門の謝罪を、亨は受けなかった。

「はい」

播磨屋伊右衛門が、首肯した。

「状況はおわかりでございますな」

「承知いたしておりまする」

説明は要らないなと播磨屋伊右衛門が確認し、亨がうなずいた。

「早速でございますが……伊兵衛さん」

播磨屋市右衛門が、手を叩いた。

「……どうも」

伊兵衛が座敷へ入ってきた。

「そなたは、咲江どのの従者」

「あらためまして、大坂の西海屋で奉公をいたしております伊兵衛と申しまする」

武家に対し、大坂ならまだしも江戸で砕けたまねはできない。伊兵衛が慇懃《いんぎん》な物腰で名乗った。

「城見亨だ。以後よしなにな」

亨も応じた。

「城見さま、伊兵衛さん、わたくしの三人が、咲江を守る要となりまする」

播磨屋伊右衛門が、話を始めた。

「人の手配ができ次第、こちらから打って出ましょう」

「へい」

「承知」

播磨屋伊右衛門の檄に、二人は応じた。

「問題は、どこで仕掛けてくるかだ」

亨が地の利をどうするかと訊いた。

「三日ほど、同じところを繰り返すつもりでおります」

「限定するか」

「はい」

確認した亨に、播磨屋伊右衛門がうなずいた。

「待ち伏せをくらいませんか。それよりも、毎日違ったところを動き、相手がしびれを切らすのを待つほうが、いいのでは」

伊兵衛が異論を口にした。

「それも一理あるな」

亨は悩んだ。

「伊兵衛さん、しびれを切らさせては、周囲の者に被害が出ますよ」

播磨屋伊右衛門が、首を左右に振った。

「やけになると」

「はい。闇に落ちる連中でございます。後のことを考えなどいたしません。法度に従えない辛抱のきかない馬鹿ばかり。やる機会がないならば、今やってしまえになっては、無関係な通行人などが巻きこまれましょう」

「お嬢の命のほうが大事」

伊兵衛が断言した。

「むっ」

亨は詰まった。主君を持つ武家として、伊兵衛の気持ちはわかる。

「たしかにそうですがね。他人をわかっていて傷つけるのは、いくらなんでも」

播磨屋伊右衛門が、反対した。

「場所がわかれば、こちらも用意ができましょう」

「なるほど。向こうも準備するが、こちらもそれに応じる用意ができる」

亨は播磨屋伊右衛門の意見を認めた。

「……………」

伊兵衛は納得できなそうな顔をしていた。

「どうだろう、伊兵衛どの」

「伊兵衛で結構で」

武家に尊称を付けられるのは落ち着かないと、伊兵衛が言った。

「そうか、では遠慮なく」

亨が了承した。

「まずは下調べだな」

相手をこちらの有利なところへ誘導するには、どこが便利かをあらかじめ知っておかなければならない。

「さようでございますな」

亨の発案に、播磨屋伊右衛門が同意した。

「どのあたりを巡ればよろしいんで」

伊兵衛が問うた。

「大坂から下ってきた娘が行きたがるところか」

難しいと亨が悩んだ。

「娘が行きたがるとなれば、芝居ですやろう」

伊兵衛が言った。

「女《おなご》が好きなもんちゅう、芝居、こんにゃく、いも、たこ、なんきん、と上方では言いますねん」

「芝居かあ。三座すべてに出入りの茶屋ならあるが」

播磨屋伊右衛門が、述べた。

江戸の芝居は中村座《なかむらざ》、猿若座《さるわかざ》、市村座《いちむらざ》の三つが、町奉行所の許可を得て興行している。

芝居を見ようという者は、木戸銭《きどせん》を払って入るのだが、最下級の立ち見から、茣蓙《ござ》を敷き周囲と区切られた桟敷《さじき》にいたるまで、金額によっていろいろな格があった。

播磨屋くらいになると、木戸の手配などを直接しない。出入りの芝居茶屋を使って、桟敷を予約する。それこそ毎日芝居を見ることとくらい簡単であった。

「たしかに、同じ芝居を見に通う女もいるが……大坂から来た娘が、いきなり贔屓《ひいき》の役者を作るというのもな」

「へい。それにお嬢はんは、江戸へ来てから一度も芝居を見に行ってまへんし」

播磨屋伊右衛門と伊兵衛が小さく首を左右に振った。

「芝居小屋の付近は人通りが多すぎる」

亨も否定した。

人を襲うのには、二つあった。

一つは目立たず、証を残さずにことを起こす。こうするには、他人目がないにこしたことはない。

もう一つは、ことをおこなったのを隠さない代わりに、人の多いところでやり、他人に紛れて逃げ出す。これには人が多くなければならない。

他人を巻きこむのを厭《いと》わなければ、芝居小屋付近は二つ目に最適の場所であった。

「芝居は止めましょう」

播磨屋伊右衛門が、決断した。

「となると、どこがよろしゅうございますやろ。上方から来たばっかりで、このあたりの事情には疎《うと》いもので」

伊兵衛が両手をあげた。

「…………」

亨も困惑した。

「若い女が毎日通っても不思議ではないところか……」

播磨屋伊右衛門も腕を組んだ。

「吾が長屋というわけにもいかぬしの」

婚姻を約した女が、婚家に来るのはままあるとはいえ、毎日となれば違和が出てくる。

「……そうや」

不意に伊兵衛が手を打った。

「縁、縁や」

「なんだ」

「どうしたんだい」

名案だとばかりに声をあげた伊兵衛に、亨と播磨屋伊右衛門が驚いた。

「縁結びでっせ」

伊兵衛が言った。

「縁結びで有名な神社かお寺おまへんか、この辺で」

「なるほどね。若い女ならば縁結びの願掛けをしてもおかしくはないか。神社ならばお百度もあるし、三、七で二十一日参りとかもある」

播磨屋伊右衛門が、納得した。

「そうだねえ。江戸で名の知れた縁結びといえば、まずは今戸《いまど》八幡さまかね」

今戸八幡は康平《こうへい》六年（一〇六三）、京の石清水《いわしみず》八幡を勧請《かんじょう》した江戸でも指折りの歴史ある社である。祭神は応仁《おうじん》天皇、伊弉諾尊《いざなぎのみこと》、伊弉冉尊《いざなみのみこと》の三柱で、伊弉諾、伊弉冉の神が二人して国産《くにう》みした故事にちなみ、夫婦の守り神と言われ、そこから男女の縁結びとしても御利益《ごりやく》があるとされていた。

「今戸といえば、浅草の向こうになるな。少し遠すぎるだろう」

日本橋から今戸までは、行けない距離ではなかったが、女の足で毎日というのはいささか難しい。

「仰せのとおりでございますな。となれば……」

少し播磨屋伊右衛門が、思案した。

「芝の神明《しんめい》さんがよろしいかと」

播磨屋伊右衛門が告げた。

芝神明宮は、寛弘《かんこう》二年（一〇〇五）に創建され、天照大御神《あまてらすおおみかみ》と豊受比売神《とようけひめのかみ》を祀《まつ》っている。神社の創建で余った材料を小さくしてお守りを作って頒布し、これを千切《ちぎり》箱《ばこ》と呼んだ。これが、千着へと言葉が変わり、多くの衣装を身に付けられる、生涯着るものには困らないとなり、嫁入り衣装を着るへと通じて、縁結びの神社となった。


「芝ならば、日本橋からも近いな」

「朝に出れば、昼過ぎには戻れまする」

亨と播磨屋伊右衛門が、顔を見合わせてうなずいた。

「すんまへん、わたしがまったくわかりまへんねんけど」

やっと雰囲気に慣れた伊兵衛が二人で納得しないでくれと求めた。

「一度行ってみたらよろしい」

「そうだな。今から行くか」

播磨屋伊右衛門の提案に、亨も同意した。

「お願いできますやろうか」

伊兵衛が頼んだ。

「うむ。参ろう」

善は急げとばかりに、亨が腰をあげた。

「ちょっとお待ちを。このまま帰られては、わたくしが後で恨まれます。咲江と会ってやってくださいまし」

播磨屋伊右衛門が止めた。

「咲江どのにか」

亨が少しだけ困った顔をした。

形だけのことだとは言われたが、曲淵甲斐守から咲江を妻にという話を聞かされたのだ。意識するのも当然であった。

「なかなか……これは、脈ありでございますか」

播磨屋伊右衛門が、うれしそうにうなずいた。

「大坂でも一緒でしたで」

伊兵衛も微笑《ほほえ》んだ。

「…………」

言われた亨が無言で座り直した。

「誰か、咲江をここへ」

播磨屋伊右衛門が、手を叩いた。

三

日本橋は、江戸でもっとも人通りがあると言っても過言ではない。名の知れた名店が軒を並べ、多くの武士、町人が買いものに来る。

それだけに、一人、二人が動かずにいても、さほど目立たなかった。

「あの野郎、先ほどから動かねえな」

播磨屋に入った亭を付けてきた吾妻屋嘉助は、すぐに己以外の見張りに気づいた。

「大工か、左官の下働きのような形だが、ありゃあ違うな。手足が綺麗《きれい》すぎる」

吾妻屋嘉助が気にしたのは、陰蔵の手下であった。

無頼は、まともに働かず、他人の稼ぎを食い潰して生きている。身形だけは、江戸で目立たない職人の下働きを装っているが、大工にしても左官にしても、道具や土をこねる仕事である。どうしても手足が汚れ、傷つく。

汗をかいて働かない無頼との違いは、少し見るだけでわかった。

「陰蔵のところの奴だろうが……見たことのない顔だ。迂闊《うかつ》に声をかけるわけにはいかねえな」

陰蔵と竹林一栄の間を取りもっているのが吾妻屋嘉助であった。陰蔵との面識は当然、その配下たちの顔も知っている。とはいえ、そのすべてを紹介されたわけではない。陰蔵の手下だと思って近づいたら、まったく別の盗賊が、播磨屋の下調べをしていたとなっては大事になる。

播磨屋を襲おうと考えるほどの賊となれば、かなりの大物だ。その大物が、目を付けたところに御用聞きがうろつくのを許すはずもない。

播磨屋は駄目だとあきらめて、手を引いてくれればいい。

しかし、播磨屋を狙うとなれば、それこそ一年がかり、二年がかりの計画になる。配下を女中や手代にして奉公させ、真面目《まじめ》に働かせて、信用を得させることで、金の在処《ありか》を調べたり、盗みの日に閂《かんぬき》を開けさせたりするなど、金と手間をたっぷりかける。それだけの金が播磨屋にはある。

一万両も盗めば、十人ほどの盗賊ならば、まず生涯喰うに困らない。贅沢をしても十年は保つのだ。その計画を白紙に戻すのは辛い。となれば、御用聞きを片付けてしまえとなる。

「このあたりの御用聞きの顔は最初に確認するだろうしな。おいらが縄張り違いにちょっかいを出しているとわかれば、遠慮は要らない」

御用聞きには縄張りがある。その縄張りをこえてなにかするときは、あらかじめ話を通しておくのが決まりであった。今回、ことがことだけに吾妻屋嘉助は、このあたりを縄張りにしている御用聞きへ挨拶をしていない。

話を通していない御用聞きは、いわば法度を破っていることになり、なにかあっても地元の援護は受けられない。

「殺され損だ」

盗賊に殺されても、格別な探索はしてもらえない。どころか、行き倒れ扱いをされ、回向院《えこういん》へ無縁仏として渡されかねなかった。

「知らぬ顔をするしかないな」

吾妻屋嘉助が、独りごちた。

当たり前のことだが、吾妻屋嘉助のことを陰蔵の手下も気づいていた。

「御用聞きか」

陰蔵の手下は、吾妻屋嘉助の正体をあっさりと見抜いた。そうでなければ、無頼などやっていられない。

「このあたりは、七丁の鋳蔵《いぞう》の縄張りだったはずだが……見たことねえ顔だな」

手下も吾妻屋嘉助を知らなかった。

「面倒だな」

御用聞きに見つかっては、つごうが悪い。

手下はさりげなく居所を変えた。播磨屋を見張りにくくなるが、御用聞きに目を付けられるよりましであった。

咲江は亨の前で微笑んでいた。

「ようこそ、お出ででございます」

武家の女らしく、両手を突いて咲江が歓迎の意を表した。

「邪魔をしている」

亨は居心地の悪さを感じていた。

「お茶はいかがでございますか」

咲江が訊いた。

「いや、そろそろお暇《いとま》をしようかと……」

「お茶も差しあげず、お帰りなされたなど、西の名前に傷が付きまする」

遠慮しようとした亨を咲江が抑えた。

「うむ、うむ」

播磨屋伊右衛門もうなずいた。

「……城見さま、おあきらめを」

伊兵衛も敵であった。

「……しかしだな」

「でなければ、お嬢が訪ねてきまっせ」

まだ嫌がる亨の耳に、伊兵衛が囁《ささや》いた。

「気ままに外に出られてはまずい」

「ですやろ。半刻（約一時間）ほどお付き合いを」

伊兵衛が引導を渡した。

正式なお茶の作法を亨は知らない。その亨の前に、咲江は濃茶《こいちゃ》を出した。

「…………」

助けを求めるような目で亨が播磨屋伊右衛門を見た。

「お好きなようにお召しになられてよろしいかと。それが茶の湯でございまする」

播磨屋伊右衛門が、助けになるようなならないような言葉をかけた。

「……わかった」

亨は剣術の試合で、最初の一歩を踏み出すときのような気持ちで茶をあおった。

「苦い……」

飲み終えた亨が、顔をゆがめた。

「どうぞ、こちらを」

すっと咲江が別の湯飲みを出した。

「白湯《さゆ》か」

「はい」

湯飲みを覗きこんだ亨に、咲江が微笑んだ。

「かたじけない」

亨が白湯を飲んだ。

「では、本日はこれで」

咲江が一礼をして、亨の帰宅を促した。

「ああ。邪魔をした」

亨が席を立った。

「ずいぶんとあっさりお帰しに」

伊兵衛が不思議そうな顔をした。

「こんなときに、城見はんがわざわざここまで来てくれたんやろ。そんなん、あたしのためやとわかるやん」

咲江が笑った。

「引き留めたら、あたしが外へ出られる日が遅なるし」

「よう見てはりまんなあ」

伊兵衛が感心した。

「それに、しつこい女やと思われたくないもん」

咲江が頬を染めた。

「かなわんわ。おっと、いけまへん。わたしも」

伊兵衛があわてて亨の後を追った。

「気い付けるんやで」

咲江が声をかけた。


播磨屋を出た亨と伊兵衛は西へ向かって進んだ。

日本橋は東海道の起点である。東海道を品川へ向けて歩き、浜御殿を過ぎたところで、右へ曲がり、少し進めば芝神明に着く。

亨は浜御殿を過ぎても、歩みを変えなかった。

「増上寺《ぞうじょうじ》はんは、あっちと違いますか」

伊兵衛が訊いた。

「後を付けられている」

「……へい」

小声で告げた亨に、伊兵衛は驚くことなく、従った。

「ずっと町奉行所から付けられていた」

「そいつは、えらいしつこい奴でんな」

聞かされた伊兵衛が嘆息した。

「ああ」

「で、どこまで引きずっていきますん」

伊兵衛がいつまで放っておくのだと問うた。

「高輪《たかなわ》の大木戸をこえたところで、右に入る。泉岳寺《せんがくじ》を目指そう」

「泉岳寺……聞いたことのある名前ですな」

亨の言った寺の名前に伊兵衛が引っかかった。

「赤穂《あこう》浪士を知っているだろう」

「ああ、忠臣蔵ですか」

伊兵衛が手を打った。

「忠臣蔵は大坂の浄瑠璃が発祥ですから。よう知ってまっせ」

「それは知らなんだ」

亨が少し驚いた。

「竹田《たけだ》出雲《いずも》っちゅう戯作者が作って、大坂で初演やったんですけど、なんやもめ事があって、あっさりと上演は中止になったらしいですわ」

伊兵衛が知っていることを語った。

「泉岳寺には、赤穂浪士四十七人とその主君浅野《あさの》内匠頭《たくみのかみ》さまの墓碑がある。そこなら武家が行ってもおかしくはない」

忠義は武士の根本である。その忠義を体現したとまで言われている赤穂浪士なのだ。泉岳寺への参詣は、武士にとって義務のようなものであった。

「楽しみでんな」

伊兵衛が物見遊山《ものみゆさん》の気分になった。

「なかを抜けていくぞ」

亨が言った。

泉岳寺は赤穂浪士の墓に参る人のために、山門だけでなく直接墓地へ行ける出入り口を設けている。亨はそこから入って、山門から出ようと言った。

「待ち伏せて捕まえまへんので」

伊兵衛が怪訝な顔をした。

「町奉行所を出たときからだぞ。どう考えても御用聞きだろう」

「御用聞き……それは面倒でんな」

伊兵衛が頬をゆがめた。

「捕まえたら、かならずどこからか横槍を喰らう」

御用聞きには手札を預けている与力、同心がいる。大番屋へ御用聞きを連れていったところで、まともに調べられるはずはなかった。

「それに後を付けただけでは、罪に問えぬ」

「たしかに、そうでんな」

息を吐く亨に、伊兵衛が同意した。

「さて、なかに入ったら、走るぞ」

「へい」

亨が伊兵衛を促した。

「……泉岳寺へ入りやがったな」

吾妻屋嘉助が足を止めた。

「後を付けていることを知られている。うかつに足を踏み入れれば、待ち伏せされているかも知れん」

悪事をしていると、どうしても猜疑《さいぎ》心に捕まる。

吾妻屋嘉助が悩んだ。

「帰り道はわかっている。そっちで待つか」

旅の用意もなにもしていないだけに、亨と伊兵衛がこのまま東海道を上っていくはずはない。

「しかし、品川で泊まるというのもあるな」

吾妻屋嘉助が思案した。

東海道第一の宿場でもある品川は江戸から日帰りできる遊郭として繁盛していた。江戸町奉行所ではなく、品川代官の支配であり、吾妻屋嘉助にはなんの力もなかった。

「木戸で待つか」

亨がどこへ行き、誰と会うかを見張るのが吾妻屋嘉助の仕事である。途中で帰るわけにはいかなかった。

「…………」

吾妻屋嘉助が高輪の大木戸へと戻った。

「下屋敷の横を抜けていくぞ」

山門を出た亨は、肥後《ひご》熊本五十四万石細川家の下屋敷の広大な塀沿いを、江戸へと進んだ。

品川から高輪のあたりは、外様《とざま》大名の下屋敷、寺社が多い。下屋敷は、藩主が息抜きのために使うため、竹林や丘などを取りこんだ広大なものばかりである。その下屋敷には、管理をする藩士くらいしか住んでいないため、閑散としていた。

二人はほとんど他人目に付くことなく、浜町へと戻ってきた。

「ここが芝神明だ」

「思ったよりも近いですな」

増上寺の山門を右に見ながら、伊兵衛が驚いた。

「ここならば、日参しても不思議ではなかろう」

「へい」

女の足でも一刻（約二時間）もあればいい。伊兵衛が納得した。

「ですが、城見さま。思ったよりも人通りが多いように見えますが」

伊兵衛があたりを見回した。

「襲いにくいか」

「へい」

確認した亨に、伊兵衛がうなずいた。

江戸の庶民は信心深い。娯楽が芝居くらいしかないというのもあり、金のかからない神社仏閣詣では、物見遊山としても人気である。とくに縁結びとなれば、江戸の女たちがことあるごとに芝神明へ来るのは当然であった。

「それに増上寺はんが、そこですやろ。このへんでもめていたら寺侍が走ってきまっせ」

伊兵衛が増上寺を指さした。

増上寺は徳川将軍家の菩提寺《ぼだいじ》である。二代将軍秀忠を始めとして、何人もの将軍、その御台所《みだいどころ》が葬られている。将軍の御霊《みたま》を預かっている増上寺には、その警衛をする侍が常駐していた。

「そうだな」

亨もうなずいた。

増上寺は寺社奉行の管轄だが、将軍家菩提寺の格でほとんど独立している。寺領も一万石をこえ、寺域二十五万坪、四十八の学坊を持ち、僧侶三千人を擁した、十万石の大名に等しい力を持っている。

その門前町で騒動を起こすなど、介入してくれと誘っているも同然であった。

「となると浜御殿の角を曲がってからはないか」

あらためて亨が思案した。

「戻りながら、よさそうなところを探そう」

考えたところでわからない。亨は経路の見直しを提案した。

「東海道のほうが、人は少ないな」

「旅人は、朝早く出て、夕方ぎりぎりに宿へ入るようにしますんで。そうしてちょっとでも距離を稼ぎ、宿屋に泊まる回数を減らそうとしますねん」

伊兵衛が説明した。

「それくらいは知っている」

亨も薄禄なのだ。大坂への赴任、江戸への帰府で東海道を往復している。そのとき、やはり同じような早立ち、夕泊まりを繰り返し、すこしでも旅費を浮かそうとした。

「昼間は人が少ないか」

「でございましょう。品川で遊ぶにしても、昼過ぎじゃ泊まりになりやすし」

言った亨に伊兵衛が付け加えた。

品川での遊びは日帰りが定番であった。品川の海を見ながらの宴席は、夜船でもできるが、どうしてもわびしいものになる。また、遊女を侍《はべ》らすにも、泊まりとなると一夜の代金がかかって高くなる。高い金を払うならば、わざわざ品川まで行かずとも、吉原でもいいのだ。

「芝神明からの帰りを昼過ぎにするか」

「それはよろしいかと思いますわ」

亨の案に伊兵衛がうなずいた。

四

毎日出歩いていたのが、引きこもる。これだけでも異常は漏れる。

「ばれましたかね」

陰蔵が一日の見張りを終えた配下からの報告に嘆息した。

「毎日のように出歩いていた娘が、姿さえ見せなくなった。これはあきらかにおかしい」

「病じゃないのか」

竜崎が刀の手入れをしながら、言った。

「ありえますがね。おい、日吉《ひよし》、医者は出入りしているか」

陰蔵が播磨屋の表を見張っている配下に問うた。

「いいえ、見ちゃおりやせん」

日吉と呼ばれた配下が首を横に振った。

医術は寺院から広まったとされている。医者は僧侶と同じ扱いを受け、頭を丸めるのが普通である。袈裟《けさ》を纏《まと》わずの禿頭《はげあたま》はよく目立ち、見落とすことはまずなかった。

「播磨屋くらいならば、家内に病人が出れば、医者を呼びますね」

医者は高い。診療費は僧侶の読経《どきよう》と同じく無料だが、お寺の線香代やお供えにあたる礼金がいる。他に薬代もかかるし、往診してもらえば、駕籠賃も出さなければならない。庶民には縁遠いのが医者であった。

「女だから、面倒な日もあるよ」

陰蔵にしなだれかかっているお羊が言った。

「動けないほどじゃないだろう」

「あたしは軽いんだよ。その女はおぼこだろ。男を知ると身体《からだ》が変わって、軽くなるんだ。あたしがそうだったからねえ」

陰蔵の言葉にお羊が応じた。

「そういうものなのか。ふむ。何日くらいだい、辛いのは」

「五日くらいかねえ」

訊かれたお羊が指を折った。

「今日で三日目かい」

「へい」

確認された日吉がうなずいた。

「あと二日か。人手はどうなんだい」

陰蔵が巳吉に問うた。

「なんとか二人、確保しやした。もと陰間で、歳《とし》を取りすぎて客がつかず、そろそろ見世《みせ》から放り出されそうな野郎でござんす」

巳吉が答えた。

「陰間なら女に手出しはしないね。ご苦労だった、巳吉」

手配りを陰蔵が褒めた。

「あと二日待とう。二日待って、女が出てこなければ……」

陰蔵が竜崎を見た。

「火を付けて押し入る……なあ、今からじゃ駄目か」

目の色を変えた竜崎が腰を浮かせた。

「竜崎さん。この間の麹町の米屋あたりで満足されませんか。火付け盗賊改め方を呼ぶつもりで」

低い声を陰蔵が出した。

「……う、すまん」

竜崎が勢いをなくした。

「巳吉、その陰間二人は戦えるのかい」

あっさりと竜崎から目を離した陰蔵が、問うた。

「女一人を押さえるくらいはできるでしょうが、斬ったりはったりは無理だと」

「しかたないか。それくらいは辛抱しなきゃいけないね」

否定した巳吉に、陰蔵があきらめた。

「お羊、おまえさんが陰間二人を見張ってくれ」

「陰間の相手……」

嫌そうな顔をお羊がした。

「暇でも楽しめないじゃないか」

お羊が文句を言った。

「他の奴にさせたら、陰間を追い払って、女をいただいちまうだろう。それに、一日、三日の話だよ。我慢しなさい」

陰蔵が説明した。

「じゃあ、終わったら、十分に可愛がってくれるかい」

お羊が陰蔵の顔を下から見上げるようにした。

「すべてが終わったら、腰が抜けるほどしてあげますよ」

陰蔵がお羊の尻をなであげた。

北町奉行所に戻った亨は、播磨屋伊右衛門との話を曲淵甲斐守へ語った。

「ふむ。なるほど、縁結びとはよく考えた」

曲淵甲斐守が策を認めた。

「東海道筋で襲わせるか」

「はい。浜御殿を過ぎたあたりでと思っておりまする」

確認した曲淵甲斐守に、亨がうなずいた。

「江崎を呼べ」

「ただちに」

言われた亨が、内詮議所を出た。

隠密廻り同心は奉行直属になる。呼べばすぐに来られるよう、役宅内に控え室を与えられることがあった。

曲淵甲斐守は、江崎羊太郎に控えを与え、いつでも呼び出せるようにしていた。

「お召しと伺いました」

亨に言われた江崎羊太郎が、内詮議所の襖際で座った。

「よく参った。そなたに任を与える」

「なんなりとお申しつけくださいませ」

江崎羊太郎が両手を突いて傾聴の姿勢を取った。

「日本橋の酒問屋播磨屋の係人、西咲江を襲う者の後ろにおる者を探り出せ」

「……承《うけたまわ》りましたが、詳細をお聞かせいただきたく」

事情の説明を江崎羊太郎が求めた。当然である。いかに町奉行の命とはいえ、理由なしで従うわけにはいかない。奉行直属でも隠密廻り同心は町方役人なのだ。町奉行が転属しても、隠密廻り同心は町奉行所に残る。縁はそこで切れる。

「亨、説明をいたせ」

曲淵甲斐守が、亨に投げた。

「どこまで……」

事情説明の度合いを亨は尋ねた。聞かせていい話と悪い話がある。

「すべてじゃ」

あっさりと曲淵甲斐守が制限はないと言った。

「えっ……」

亨が絶句した。

「すべてと申した。余は忙しい。後は任せる、別室で話をせい」

たまっている書付を片付けなければならない。曲淵甲斐守が手を振って二人を追い出した。

「では、隣室で」

亨は江崎羊太郎を誘った。

「お願いいたしまする」

移ったところで、早速江崎羊太郎が要求した。

「お奉行さまのご指示ゆえ、すべてお話しするが、事実でござる」

念を押してから亨は事情を説明した。

「…………」

聞き終わった江崎羊太郎が黙った。

「…………」

亨も無言で、江崎羊太郎の反応を待った。

「まことでござるかと確かめたいところでございますが、お奉行もご存じとあれば、偽りではありますまい」

十分煙草を吸うだけの間を置いて、江崎羊太郎が口を開いた。

「後ろにおる者を探れとの仰せでございましたが、もうわかっておりましょうに」

江崎羊太郎が、町奉行所のほうへ顔を向けた。

「証がございませぬ」

「……なるほど」

亨に言われた江崎羊太郎が首肯した。

「お願いできましょうか」

「隠密廻り同心は、奉行直属でございまする」

江崎羊太郎が断言した。

「……信用してもよろしいのか」

厳しい目つきで亨は江崎羊太郎を見た。

「早坂甚左《はやさかじんざ》のこともある」

亨は前任の隠密廻り同心の名前を出した。

「あの者は引退を考えておりましたので」

江崎羊太郎が言った。

「どういうことだ」

「引退、すなわち息子への継承でございまする。内与力さまはご存じでございましょうか。町方役人は、与力も同心も一代抱え席だということを」

一代抱え席とは譜代でありながら、世襲ではない御家人を示す。その名前のとおり、父親が隠居しても、息子が跡を継げるとは限らない。

町方役人はその特殊な役割から、一代抱え席のなかでも格別な扱いを受け、世襲を許されている。とはいえ、厳密には違う。父親が隠居する数年前から、息子が見習い与力、あるいは見習い同心として、町奉行所へ出るのは、一代抱え席でありながら、親から子へ役目を継ぐためであった。

実務を学ばせることで、父親が隠居した席にまったく町方のことを知らない者がはまりこむのを防ぐのだ。

世襲が許されていないとはいえ、してはいけないと禁じられているわけではないだけに、手慣れた者を選んだという言いわけは通りやすい。

与力の場合は、問題なかった。奉行所の人事、家督相続を扱うのは年番方与力で、同じ与力同士の融通は当然だからだ。ここで世襲を邪魔すれば、いつか己の子孫にその報いが行く。ならば仲間内で手を組んだほうが安心である。

だが、同心となると話は変わった。同心は与力の承認なしに、家督を継げないのだ。同心にも年番方はいるが、与力の下働きでしかなく、人事の権限はない。

「……ということで、早坂は家督を息子に継がしたく、見習いとして町奉行所へ出すことを左中居さまにお願いすべく」

「早坂はかなりの歳に見えたが、息子をまだ見習いに出していなかったのか」

亨が問うた。

廻り方同心は、体力が要る。それだけに引退も早い。さらに廻り方同心は、定町廻りであろうが、臨時廻りであろうが、隠密廻りであろうが、余得が多い。出入りしている町人との付き合いが金に繋がるのだ。その繋がりをなんとか切らずに続けたい、己が現役で活躍している間に、息子を出入り先に紹介する。そのため、廻り方同心の息子は、十五歳になるかならずかで見習いとして出るのが慣例になっていた。

「早坂は子がなかなかできず、やっとできた息子が十歳になったばかりでございまして、見習いになるには、いささか……」

条件として厳しいと江崎羊太郎が述べた。

「なるほど、慣例を破ってでも息子を見習いに出したく、奉行直属という誇りを売ったわけか」

亨は納得した。

「おぬしは……」

「わたくしは、娘だけでございまして」

江崎羊太郎が跡継ぎはいないと告げた。

「ほう、そんなときはどうするのだ」

興味を亨は持った。

「婿養子を迎えることになりまする」

「大事ないのか、左中居たちと対立して」

答えた江崎羊太郎に亨は気を遣った。

「左中居さまに睨まれても、同心の株は切り捨てられませんから。一度でも他所から受け入れてしまえば、一代抱え席ながら世襲しているという特例は崩れましょう。

娘婿は、八丁堀から迎えることになりますので」

江崎羊太郎がたいしたことではないと首を横に振った。

「娘婿がいじめられるのではないのか」

「ございませんな。娘婿の実家が嫌われていないかぎり、わたくしへの嫌味くらいは言えても、それ以上のことはございません」

「なるほどな。娘婿の実家が問題なわけか」

亨は納得した。

「その代わりと申してはなんでございますが……」

江崎羊太郎が、亨を見つめた。

「……金か」

大坂西町奉行所での経験、江戸町奉行所での体験から、亨は江崎羊太郎がなにを求めているかを読み取った。

「はい。お奉行さまが転じられるまでの間だけで結構でございますので、いささかの手当をお願いいたしたく」

江崎羊太郎が願った。

「…………」

これは脅しでもあった。金を出さなければ、早坂甚左同様、左中居作吾たちに付くぞと言っているのだ。

「お奉行さまにお願いしてみる」

内与力とはいえ、金のことは主の決裁なしに認めるわけにはいかなかった。

「かたじけのうございまする」

江崎羊太郎が頭を垂れた。

「ここで待て」

亨は曲淵甲斐守と交渉すべく、内詮議所へと戻った。

「なるほどの」

江崎羊太郎の要求を告げた亨に、曲淵甲斐守が小さく笑った。

「町奉行所も一枚岩ではないということか」

「殿……」

うれしそうな顔をした曲淵甲斐守に、亨は思わず声をかけてしまった。

「いや、よくぞ聞き出してくれたの。手柄ぞ、亨」

曲淵甲斐守が亨を褒めた。

「…………」

意味がわからず、亨は困惑した。

「わからぬとは、いささか情けないぞ」

戸惑っている亨に、曲淵甲斐守がため息を吐いた。

「余が奉行となってから、初目見えのとき、余が質問のために呼び出したときを別にして、竹林と左中居以外と話をしておらぬ」

「たしかに、仰せのとおりでございまする」

最近は咲江のことがあり、町奉行所にいないほうが多くなってはいるが、亨は内与力として曲淵甲斐守と町方役人の面会を取り次ぐのも仕事である。思い出してみれば、竹林一栄と左中居作吾ばかり取り次いでいた。

「竹林は町奉行所の花形吟味方で筆頭与力、左中居作吾は町奉行所の内政すべてを取り仕切る年番方与力。どちらも町奉行所を代表してもおかしくない」

「はい」

主君の話に亨は同意を示した。

「ゆえに、余は二人の態度が、町奉行所全体のものだと思いこんでしまった」

「あっ……」

やっと亨は気づいた。

「そうだ。他の者たちは、竹林と左中居によって口を封じられている」

曲淵甲斐守が強く言った。

「そなたは、町方の与力、同心が大名家や商家から挨拶金という名目の合力金を受け取っていることを知っておるな」

「存じております る」

内与力をする前、大坂西町奉行所で取次という役目をしているときに、町方役人と商人たちの癒着を見た。というより、見せつけられてきた。大坂の町方役人は、それを不正だとは考えておらず、商人たちも悪いことだとは思っていなかった。

「世のなかを円滑に回すための薬」

堂々と言う者もいた。また、それを曲淵甲斐守は咎めなかった。曲淵甲斐守も悪癖だとわかってはいたが、長年の習慣を止めさせることで生まれる反発を嫌った。

大坂町奉行から、勘定奉行、あるいは町奉行への昇進は、難しいがどうにかなる。そのために配下の与力、同心たちに憎まれて、足を引っ張られるのはまずかった。

大坂で見て見ぬ振りをしてきた曲淵甲斐守は、江戸でもこの金については一言も口出しはしていない。もっとも、多少の嫌味は竹林一栄や左中居作吾らに聞かせていたが。

「その金がどうやって集められ、どうやって配分されるかはどうだ」

「個人へ渡されるもの以外は、町奉行所の年番方に集められ、そこで配分されるのではございませぬか。たしか、大坂西町奉行所ではそうだと」

「西から聞いたか」

答えた亨に曲淵甲斐守が苦笑した。

「余も確認したわけではない。江戸町奉行所ができたころから続くと言われる悪習慣だぞ。余一人でどうこうできるものではない」

「…………」

うなずくと曲淵甲斐守の能力に家臣が疑いを持っていることに繋がり、否定すればなにもしないことを非難することにもなりかねない。亨は沈黙した。

「問題は、その配分だ。配分は年番方がする。年番方は町奉行所の人事も扱うからな。働きの悪い者には少なく、廻り方のように御用聞きを抱えなければならない者へは手厚くとな」

曲淵甲斐守が続けた。

「これだけを聞いていると、当然だと思える。御用聞きの面倒を見るには、それなりの金が要る。三十俵二人扶持あたりの薄禄で、それをさせるのは厳しい」

十手を預けた相手との間に、主従関係は必須であった。十手という権力の象徴を預けるだけに、一応とはいえ与力、同心の支配下にあるとの形が要った。禄を与える家臣ではない町人を配下にするには、わずかでも金を渡さなければならなかった。そして、その費用を町奉行所は面倒見てくれなかった。

「わかるか」

曲淵甲斐守が亨に質問をした。

「恣意《しい》が入ると」

さすがにここまで教えられれば、曲淵甲斐守がなにを言いたいのか、亨でもわかった。

「そうだ。合力金の配分は、左中居と竹林の二人の胸先三寸ということだ。だからこそ、早坂も余ではなく、そちらに付いた。幕府から出される禄だけでは、まともに生活できぬ同心たちにとって、合力金は命の蔓《つる》のようなもの。それを牛耳っている左中居と竹林に、表だって敵対するなどできるはずはない」

曲淵甲斐守が亨の答えを補強した。

「町奉行所を思うがままにできる。それが竹林一栄と左中居作吾の強気の源だ。たしかに、配下全部が敵の状況では、まともに役目を果たせぬ」

「…………」

亨は黙って曲淵甲斐守の話を聞いた。

「だが、江崎のお陰で町奉行所の一枚岩には、大きなひびが隠れていると知れたのだ」

「では……」

曲淵甲斐守の策を悟った亨が、息を呑んだ。

「そのひびを叩いて広げ、いずれ岩を割ってくれる。竹林、左中居への反発を煽る。もちろん、密かにな。目立っては対応されてしまうからな」

曲淵甲斐守が笑った。

「亨、江崎への手当は出してやる。今までの贅沢を続けられるくらいの金をな」

「よろしゅうございますので」

曲淵甲斐守の本禄は二千石である。旗本のなかでは多いほうだが、物価が高騰している今、余裕があるとは言えない。用人や勘定方の意見を聞かずして、勝手に金を遣っていいのかと亨は懸念を表した。

「金のことは、余がどうにかする。なに、放逐する家臣も出るしな。わずかな金に負けて誰が主かわからぬような者は、武士ではない」

氷のように曲淵甲斐守の瞳が冷たく光った。

第四章　前夜の動き

一

播磨屋伊右衛門が求めているとなれば、金払いはいいとわかる。咲江の用心棒への応募は十人をこえた。

「さすがに全員は無理ですよ」

人を集めてきた日向屋へ、播磨屋伊右衛門が苦笑した。

「わかっております。四人くらいだと皆には言っておりますれば」

日向屋が話はついていると述べた。

「結構です。では、初めにこれを」

播磨屋伊右衛門が、小判を五枚並べた。

「先日いただいておりますが……」

日向屋が戸惑った。

「満足いく仕事には、それなりの報酬を出さなければ、次にやる気が出ませんでしょう」

今後ともにこき使うぞと播磨屋伊右衛門が笑った。

「……畏れ入ります」

一瞬の間を置いて日向屋が金を受け取った。

「で、日向屋さんなら誰を選ぶ」

「お任せいただいても」

「もちろんだよ」

人選をやっていいかと確認した日向屋に播磨屋伊右衛門が首肯した。


体制が整った。

「さあ、こちらから反撃に出ますよ」

播磨屋伊右衛門が、一行を鼓舞した。

「おうよ」

警固役の浪人二人と普通の身形をした男二人、計四人が応じた。

「伊兵衛さん、頼みました」

「へい」

伊兵衛が胸を張った。

「大人しくしてなさい。勝手に走り出したり、皆を撒《ま》こうなどと考えてはいけませんよ」

最後に播磨屋伊右衛門が咲江に釘を刺した。

「そこまで阿呆《あほう》とちゃうし」

咲江が膨れた。

「死んだら、城見さんのお嫁になれへんし」

「身体に傷を付けられてもだよ。万一のときは、下手なまねをせず、相手の言うとおりにして、助けを待ちなさい」

「うん」

大叔父の心配を咲江は受け入れた。

「では、お願いします」

「任された。行くぞ、多助《たすけ》」

前方を警戒する浪人と男の一組が出た。

「ほな、行ってくるわ」

「行って参りまする」

少し遅れて、咲江と伊兵衛の二人が暖簾を潜《くぐ》った。

「……ではの」

「…………」

その後を残った浪人と男が追った。

無言で播磨屋伊右衛門が見送った。


「出てきたな」

日吉が、咲江に気づいた。

「やっとこさか。隣はいつもの西海屋の手代だな」

伊兵衛の顔を日吉は知っている。

日吉が二人の様子を見た。

「前後を用心棒で囲んだか」

見張りは、ただ咲江が出てくるかどうかを待つだけではない。その周囲の状況を確認し、報告するのも仕事であった。

「浪人二人、町人二人、そして手代、合計五人。問題はどこまで遣えるかということだな」

日吉が、十間（約十八メートル）ほど空けて、咲江の後を付け始めた。

「荷物がねえから、旅立ちじゃねえな」

江戸から大坂までは、早くて十日ほどかかる。女の足ともなるとさらに二日ほど考えなければならない。洗濯もままならない状況になることもあり、着替えの用意も多くなる。

「日吉」

日本橋から離れたところで、すっと一人の男が近づいてきた。

「鶴弥《つるや》か」

日吉が男の顔を確認した。

「あの娘かい」

鶴弥と呼ばれた背の高い男が確認した。

「ああ」

短く日吉がうなずいた。

「ふうん、たいしたことない。女のくせに日焼けしている」

冷たい声で鶴弥が咲江を非難した。

「…………」

白粉《おしろい》の跡が残る鶴弥の顔をちらりと見た日吉が黙った。

「あんなのに……」

「よせ」

文句を続けようとした鶴弥を日吉が止めた。

「おめえが、愛人《いろ》を女に寝取られたかどうかなんぞ、どうでもいい。こっちの仕事に差し支えるようなまねはするな」

日吉が注意した。

「……わかっている」

鶴弥がしぶしぶうなずいた。

「先頭が右に曲がったな」

話をしながらも、目を離していなかった日吉が緊張した。

「えっ」

あわてて鶴弥が目を前に向けた。

「あそこは増上寺門前町へ繋がる道だな」

「増上寺に、女が用あることなどなかろう」

日吉の言葉に、鶴弥が否定を口にした。

「黙ってろ」

うるさそうに日吉が鶴弥を抑えこんだ。

「……芝神明か。参拝だな」

一行の目的を知った日吉が呟いた。

咲江は芝神明の本殿前で、手を合わせていた。

「なんとか城見はんとうまくいきますように」

願いごとを告げた咲江が、目を閉じた。

「伊兵衛……」

　頭を垂れながら咲江が小声を出した。

「なんでっか」

　咲江の後ろを守るように立っている伊兵衛が応じた。

「思ったより、人が少ないな」

　顔をあげながら、咲江が言った。

「刻限のせいやおまへんか。信心しているお人は、朝一番で来ますやろし、物見遊山なら昼餉《ひるげ》を兼ねて、もうちょっと遅めになるんやないですか」

　伊兵衛が推測を述べた。

「それはわかるけど、大事ないか。外でやるより、境内のなかのほうが他人目ないやろ」

　咲江が危惧した。

「ほな、もうちょっと遅めに家を出まっか」

　明日以降の計画修正を伊兵衛が提案した。

「となるとお昼からになるかなあ」

「それでは遅すぎますやろ。どうせなら、昼餉をこのあたりで摂《と》って、向こう側が集まるのを待つくらいがええんやないかと」

二人が話をしていた。

「よろしいかの」

警固として付いている中年の浪人が近づいてきた。

「どないしましたん、池端《いけはた》はん」

咲江が問うた。

「二人ほど、気になる者がおりますでな」

中年の浪人が声を潜めた。

「……どこから」

伊兵衛が問うた。

「一人は、今朝方から播磨屋を見張っておった」

しっかりと池端は用心棒としての仕事をしていた。

「もう一人は……」

「浜御殿近くで合流したようであった」

伊兵衛の確認にも池端はあっさりと答えた。

「お見事な腕ですなあ」

咲江が感心した。

「……いや、娘御どのこそ、すごいな」

池端が咲江を見た。

「普通の女は付けられているというだけで怯《おび》えますぞ」

「お嬢はんは、普通やおまへんさかいな」

伊兵衛が池端の尻馬に乗った。

「なんや、まるでうちがじゃじゃ馬みたいやないか」

咲江が膨れた。

「ふふふ」

二人の遣り取りに池端が笑った。

「懸念は不要でしたな。そろそろ行きましょうぞ」

池端は咲江が付けられていると知ったとき、恐慌に陥らないかを確かめに来ていた。

「これでも大坂西町奉行所諸色方筆頭同心西二之介の娘やで。命の遣り取りは知ってるし」

咲江が胸を張った。

「それはお見それいたした」

笑いながら池端が所定の位置に戻った。

一日目はこうして終わった。


播磨屋へ咲江が帰ったのを見届けて、日吉と鶴弥が日本橋から離れた。

「明日はどうする」

鶴弥がまた見張りに出てくるのかと尋ねた。

「おめえは、呼び出しがあるまでもういい。もう一人の陰間を寄こせ。獲物の面を覚えさせなきゃいけねえ」

日吉が冷たく命じた。

「わ、わかった」

鶴弥が首肯した。

「逃げるなよ」

日吉が釘を刺した。

「しない。絶対にしない。陰蔵の親方を敵に回したら、一日とて生きていられない」

鶴弥が震えあがった。

「ならいい。さっさと行け」

犬を追うように日吉が手を振った。


日吉から話を聞いた陰蔵が、腕を組んだ。

「やはり、漏れていたと考えるしかないか」

警固のことを聞かされた陰蔵がため息を吐いた。

「この江戸で、まだわたしに逆らう馬鹿がいるとは思いませんでした」

陰蔵が首を横に振った。

「どこから漏れたかは、後で調べなきゃいけません」

「…………」

淡々と言う陰蔵に、配下一同が沈黙した。

「仕置きはことがすんでからです。で、娘が向かった先は芝神明だとか。あそこはなんの御利益でしたかね」

「縁結びの神さまだよ。そこは」

首をかしげた陰蔵に、お羊が告げた。

「よく知っているね」

陰蔵が驚いた。

「あたしにだって、良縁を信じていたころがあったんだよ」

不服そうにお羊が言い返した。

「……そうだな」

竜崎がしんみりとした。

「拙者にもあったな。剣術を学び、江戸で知られるほどの腕になれば、きっと仕官の口がかかるだろうと信じていたころが」

「ありましたね。己の店を持って、奉公人を抱え、妻《めと》を娶り代を継いでいく……」

巳吉もうなずいた。

「だが、そいつは遠い昔だ」

陰蔵が断じた。

「ああ、あたしの操は破れたままだし」

「拙者の家名は、ご手配を受けて、今では名乗るわけにもいかぬ」

「あっしが勤めていた店は、ただの焼け炭になっちまいました。いや、してしまった」

三人が目つきを変えた。

「今さら身ぎれいにしたところで、捕まれば三尺高い台の上で首を晒す。死んでも地獄にしか行けない」

重く陰蔵が言った。

「首を討たれるか、逃げてどこかで野垂れ死ぬか。我らの末は決まっている。ならば、一日でもおもしろおかしく生きるべきだ」

「ええ」

「だの」

「へい」

親分の言葉に、配下三人がうなずいた。

「この夢見る女を捕まえて、金をいただくとしましょう」

「いいね」

「金は裏切らぬ」

「あって邪魔になるものじゃなし」

もう一度目的を話した陰蔵に、お羊、竜崎、巳吉が同意した。

「お羊、縁結びだと何日くらい通うものだい」

陰蔵が訊いた。

「よくは覚えちゃいないけど、がんばるなら百日、手抜きなら二十一日ってとこだね」

お羊が思い出した。

「二十一日か。満願まで待ってやるわけにはいかないね。金主が急かすことだし」

少しだけ陰蔵が考えた。

「芝神明だけとは限らないよ。他にも縁結びの神さまは多いから」

お羊が言った。

「なるほど。ならば、もう一日見ましょう。もし、他の神社仏閣に行くならば、行き当たりばったりですするしかなくなりますが、明後日決行します」

「承知」

三人を代表して竜崎が承諾した。

「日本橋の大店に泡を吹かせてやりましょう。あと、わたしたちのことを売った奴にも目にもの見せてやらなければね。続けてやるぞ」

陰蔵が宣言した。

二

隠密廻り同心江崎羊太郎は、尻端折りをしたうえに、半纏《はんてん》股引の職人姿で日吉の後を付けていた。隠密廻り同心はその役目上、身をやつすこともある。場合によっては、何日と同じ道を通う行商人に化け、得意先まで開拓するのだ。そうそう他人から見て、ばれるような失態は犯さなかった。

「普通のしもた屋だな」

警戒しながら日吉が入っていった民家を遠くから江崎羊太郎は見つめていた。

「陰蔵か……噂だけは聞いていたが、実在したとはな」

江崎羊太郎が呟いた。

人の集まる江戸には、ときどきみょうな噂が飛んだ。

背中に三つ葉葵《あおい》の紋を入れ墨した将軍の落胤《らくいん》が盗人《ぬすっと》をしているが、迂闊に手出しができないため、町奉行所は見て見ぬ振りをしているとか、由井正雪が、怪しげな術を使ってこの世に蘇《よみがえ》り、ふたたび江戸を火の海にしようとしているとかである。

そのほとんどが益体のないものだが、なかには真実のものもあった。

「金さえ積めば、老中でも殺すという刺客がいる」

かなり前から噂されていた話だったが、刺客などというものが商売になるはずもないと放置されてきていた。

「どうやって、こういった連中と竹林さまたちは連絡《つなぎ》を取ったのだろう」

町方はきれいごとだけでやってはいけない。

それくらい、廻り方同心として長く勤めてきた江崎羊太郎はわかっている。そもそも手札を与えている御用聞きが碌《ろく》でもない連中ばかりなのだ。女房に店をさせて己は遊び半分で御用聞きをしているなどましなほうで、酷《ひど》いのとなると取り締まられる側の博徒の親分が十手を持っているのも珍しくはなかった。

泥棒に蔵の番をさせるに近いが、これはやむを得ない処置でもあった。

蛇の道は蛇というように、無頼のことは無頼がもっともよく知っている。下手人を捜すときでも、どこに潜むかをわかっていると捕らえやすい。また、闇の話は賭場でかわされることが多い。

「駿河《するが》を荒らした盗賊が、江戸へ入ったそうだ」

「大名家から盗まれた茶碗が、どうやら大坂で売られたらしい」

などの情報が、闇こえやすい。

功罪を天秤にかけたとき、罪よりも功が重ければ、多少のことには目をつぶって、使いこなしたほうが、結果は出る。

御用聞きのすべてが、闇とかかわりがあるわけではないが、かなりの数がそちらとの縁を持っていた。

とはいえ、刺客は別ものであった。

刺客は金をもらって人を殺す。それだけならば、賭場で金を返せなくなった奴を簀巻《すま》きにして海へ沈めるのと差はないように見えるが、そうではなかった。

無頼が死んでも、幕府は気にしない。それこそ無頼が何人賭場で喧嘩して死のうが、縄張りを争って傷を負おうが、幕府はどうでもいいのだ。

そもそも幕府は無頼を人と見ていない。幕府にとって、人とは大名、旗本、陪臣の武家と僧侶神人、年貢を納める百姓、特定の職人、出入りする商人であり、それ以外は有象無象であった。

明暦《めいれき》の大火のときのように、焼け出された庶民のため、再建費用を貸し出したり、炊き出しをしたりすることもあるが、これは幕府の根本である儒教の仁に合わせているだけで、普段はまったくなにもしていない。

そのどうでもいい連中だけを相手にしているならば、刺客も放置になる。

しかし、そうとは限らないのだ。

金さえもらえば、誰でも殺すのが刺客である。さすがに将軍を殺してくれ、大名の首を獲ってくれなどという荒唐無稽な依頼は受けないだろうし、まず出されることはない。

だが、旗本や豪商ていどならば、刺客の手が届くのだ。

旗本の当主が町中で殺されたとなると、状況次第では改易になる。また、幕府御用達の商人が命を奪われたら、納品や上納金に支障が出る。

と同時に、これは幕府に対する挑戦でもあった。

「守りきれないだろう」

刺客からこう言われたに等しいのだ。

江戸は将軍のお膝元で、その治安は幕府の威光にかかわる。それだけに刺客の動きは許されない。そして刺客の取締は、町奉行所の任なのだ。

町奉行所で江戸の治安を差配する立場の吟味方与力と刺客の親方との接点が、江崎羊太郎にはどうしてもわからなかった。

「かかわりがあるとばれたら、無事ではすまぬ」

刺客撲滅は幕府の指示なのだ。それに反して、刺客の親方を見逃していただけではなく、裏で手を結んでいたなど、論外であった。

「竹林どのは切腹も許されまい」

切腹は武士の名誉でもある。切腹することで、すべての罪は清算され、それ以上及ばないのが慣例であった。もちろん、例外はある。謀叛など切腹しても、遺族に罪が及ぶものもあり、かならずとは言えないが、八代将軍吉宗の連座停止も影響し、見逃されることが多い。家督は召しあげられ、財産も闕所《けっしょ》の憂き目には遭うが、遺族にはそれ以上の咎めは与えられない。

が、斬首《ざんしゅ》となれば話は別になった。

連座、正確には縁坐と言うべきだが、これは死罪を申し渡された罪人の子は遠島、遠島を命じられた罪人の子は追放といったもので、本人にはまったく落ち度がないにもかかわらず、縁者というだけで罰せられた。実子だけでなく、養子にも与えられたが、あまりに酷であるとして、吉宗が主殺し、親殺しなどの重罪だけに科すよう軽減した。

ただし、武士に縁坐禁止は関係なく、親が罪を犯せば、子や妻、内容によっては、兄弟縁者にまで、咎めが与えられる。

竹林一栄が武士としての扱いを受けられず斬首となれば、家は取り潰し、嫡子は切腹、それ以外の男子は流罪、女子は放逐になる。

「それに気づかぬほど、竹林どのはおろかではないはずだ」

江崎羊太郎が怪訝な顔をした。

「ばれないと信じているのか、ばれたところでどうにもできまいと思っているのか……」

しもた屋を見ながら、江崎羊太郎が首をひねった。

見張りというのは、いつか無理が来るものである。とくに一人でやっていると、どうしても四六時中とはいかない。報告のために離れなければならないし、飯も喰えば、用も足す。一日、二日なら保っても、眠らなければならないときが来る。

江崎羊太郎は、しばらく待って人の出入りがないことを確認すると、町奉行所へと戻った。

「ご報告を」

すでに五つ（午後八時ごろ）を過ぎているが、すぐに江崎羊太郎は曲淵甲斐守の前へと通された。

「……見つけましてございまする」

江崎羊太郎が陰蔵の隠れ家の様子を語った。

「ご苦労であった」

まず曲淵甲斐守がねぎらった。

「どのような者が、何人住んでおるかはわかったのか」

「いいえ。あまり周囲を聞き回っては、気づかれてしまいかねませぬ」

訊いた曲淵甲斐守に、江崎羊太郎が首を左右に振った。

「それもそうだな。少なくともこの一件が終わるまでは放置せねばなるまい」

曲淵甲斐守が同意した。

「よろしいのでございますか。そこまで待つ間にも誰かが刺客の被害に遭っておるのでは……」

亨が懸念を表した。

「踏みこめと申すのか」

曲淵甲斐守が亨を見た。

「一網打尽にしてしまえば、なにも襲撃を待たずともよろしいかと」

亨が進言した。

「陰蔵がおるだろうというしもた屋の大きさはどのくらいじゃ」

「なかを見たわけではございませぬので、正しいとは言いきれませぬが、おそらく土間、台所、板の間、居間に奥の間というところでございましょう」

江崎羊太郎が言ったのは、妾宅として用いられるしもた屋の内部に等しい。

もともとしもた屋というのは、仕舞った店屋が訛《なま》ったものであった。

少し前まで店をしていたところが、潰れて空き家になった。店が潰れたというのは、縁起が悪い。なかなか空き家の後が埋まらなかったので、妾宅として貸し出したというのが、しもた屋の始まりのようなものである。

とはいえ、店であったものを妾宅として使用するには、なにかとつごうの悪いところが出てくる。板の間が広かったり、土間が大きすぎたり、旦那と妾、世話役の女中の三人ていどでは、もてあましてしまう。

そこで、端から妾宅として使うことを考えた造りの家が建てられるようになったのだが、名前だけはしもた屋のままになった。

「そのていどならば、入っていても六、七人というところか」

「同時に話をするとなれば、五人くらいがいいところでしょう」

曲淵甲斐守と江崎羊太郎がうなずき合った。

「全部とは思えまい」

「はい。無頼どもを束ね、賭場を開いているわけではありませぬゆえ、二十人をこえる手下を抱えているとは思えませぬが、刺客を生業とするには、十人はおりませぬと難しいかと」

「刺客とそれを支える者どもだな」

「はい。刺客が数名、客と応対する者、獲物のことを調べる者、仕事の段取り、逃げ道を整える者……」

江崎羊太郎が曲淵甲斐守の言葉に、説明をした。

「全部が集まっているとわからぬときに、打ちこむのは避けるべきである」

「しかし、今、狙われている者がおりましたら……」

「助けられると言うのか」

まだ抗弁する亨に、曲淵甲斐守が述べた。

「はい。一人でも助けられるならば……」

「愚かであるぞ、亨」

熱意を持って説得しようとした亨を、曲淵甲斐守が静かな声で叱った。

「…………」

「わからぬか。たしかに、そなたの言うように、西の娘以外に陰蔵が仕事を受けているやも知れぬ。だがの、陰蔵を捕まえたとして、それは止められるのか」

「止められましょう」

問うような曲淵甲斐守に、亨はうなずいた。

「戦ではないのだぞ。戦ならば総大将がいなくなれば止まる。しかし、刺客は違うであろう、江崎」

曲淵甲斐守が江崎羊太郎へと目を移した。

「はい。刺客は仕事を受けた以上、頼みもとが停止を言い出さないかぎり、かならずやり遂げまする」

江崎羊太郎が首肯した。

「そんな……」

亨が絶句した。

「当たり前だ。でなければ、刺客などという怪しい者に、人が近づくか。かならず、相手を仕留めてくれると思えばこそ、金を払うのだ。言いかたは悪いが、客にとって誰がやるかなどはどうでもいい。親方であろうが、手下であろうが、頼んだことだけ果たしてくれれば、後は知らぬ顔をしていたいものだ」

闇に触れた者は、闇に染まる。これが世のなかの裏側というものだ。刺客を頼む客も、表にだけ生きているわけではないが、それでも闇の住人ではない。

闇の住人ならば、わざわざ刺客を雇うことなく、自ら、あるいはその配下にさせるだけである。

刺客の客は、闇と表の境界にいる者、それも表側に近い者であった。

「それにな、その隠れ家に陰蔵がいなければどうする」

「……そんなことは」

「あるぞ」

否定しようとした亨を、曲淵甲斐守が制した。

「余がそうだ。本来、余の居場所は御上から与えられた木挽町《こびきちょう》三丁目の屋敷である。しかし、今、余は町奉行所の役宅におる。もし、余を仕留めようと木挽町へ押し入った者がいたとしても無駄足になる。それと同じだ」

曲淵甲斐守が亨の疑問に答えた。

「誘き出すしかない。西の娘を襲うために配下を出したとなれば、隠れ家は手薄になろう。そこを突けば、陰蔵を捕まえられよう。そうだな、江崎」

「さようでございまする。刺客はうまくいこうが失敗しようが、かならず親方へ結果を報せに参るもの。そこを狙えば……」

江崎羊太郎が首を縦に振った。

「わかったの。決して、当日まで手出しをするではないぞ」

じろりと睨んだ曲淵甲斐守が、亨に念を押した。

「亨、そなたは明日朝より、播磨屋へ行き、西の娘に張りついておけ」

「はっ」

「ただし、手出しはするなよ。播磨屋伊右衛門に借りを作るわけにはいかぬ」

「そ、そのようなまねはいたしませぬ」

亨があわてて否定した。

「とは思うが、そなたに余裕がなあ」

曲淵甲斐守が嘆息した。

「まあ、よい。下がって休め。いざというとき、眠くて動けなくては困る」

「はい。そうさせていただきまする」

家臣は基本として、主君の許可なく休むことはできなかった。曲淵甲斐守の許しが出た亨は、内詮議所から下がった。

「江崎、これを取っておけ」

亨に席を外させた曲淵甲斐守が、懐から小判を出した。

「かたじけのうございまする」

江崎羊太郎が押しいただいた。

「果たした仕事への報酬じゃ」

「畏れ入りまする」

「あとこれを持っていけ」

曲淵甲斐守が小判を懐に仕舞った江崎羊太郎に、手紙を一本渡した。

「これは……」

「播磨屋伊右衛門への手紙じゃ。そなたへの手当についての合力を頼んだものだ」

怪訝な顔をした江崎羊太郎に曲淵甲斐守が告げた。

「わたくしの手当」

江崎羊太郎が目を剝いた。

「尽くしてくれる者には報いなければならぬ。だが、曲淵家にはさほどの余裕がない。なければどこかから持ってくるしかなかろう」

「それが播磨屋だと」

「そうじゃ。播磨屋くらいになれば、多少の金など痛くもかゆくもなかろう。それに少しの金で町奉行と繋がることができる。江戸中の豪商がなんとしてでも作りたいと思っている町奉行との縁じゃ。願ってもないことだろう」

驚く江崎羊太郎に、曲淵甲斐守が告げた。

「わかりましてございまする。ありがたく」

江崎羊太郎が手紙を受け取った。

「では、これからも励め」

曲淵甲斐守が、江崎羊太郎を下がらせた。

「……町奉行たる余が、いかに大奥出入りとはいえ、播磨屋から直接金を受け取るのはまずい」

町奉行は三千石、旗本としてはほぼ上がりに近い出世である。だが、町奉行も旗本には違いない。千石高の目付の監察を受ける。目付は秋霜烈日、身内にさえ刃を振るう謹厳実直を売りにしている。なにより、曲淵甲斐守がそうであったように、目付から遠国奉行、勘定奉行、町奉行への立身を願っている。そんなところに、曲淵甲斐守と播磨屋伊右衛門の間に、金の遣り取りがあったとの情報がながれれば、目付が喜んで喰い付いてくる。

「周りが敵ばかりだからな。金を受け取ったら、簡単にばれる」

町奉行が城下の商人を訪問することはできなかった。すれば、確実に疑われる。となれば、播磨屋伊右衛門が、町奉行所まで訪ねてくるしかない。

しかし、町奉行所は与力、同心ら曲淵甲斐守と敵対している者たちの巣である。どのように隠そうとも、隠しきれるものではなかった。

「江崎への援助ならば、外へ漏れたとしても、余にはなんの影響もない」

曲淵甲斐守が口の端を吊り上げた。

三

翌日も同じ動きをすべく咲江たちが播磨屋伊右衛門のもとに集合した。

「城見さまもご一緒くださいますん」

咲江が喜んだ。

「並んで歩くわけには参らぬが」

亨が一緒という言葉を否定した。

武家は男女で出歩くことがない。兄弟、姉妹、夫婦でさえ、並んで歩かず、少し間を空けるのが決まりである。ましてや婚姻もしていない男女が、一緒に出歩くなど、不義扱いされても文句は言えなかった。

「それでも結構でございます」

咲江がうなずいた。

「町奉行所の内与力どの、よろしいかの」

警固の指図役を兼ねている池端が、口を挟んできた。

「なんでござるか」

咲江から亨は目を池端へと変えた。

「外はいかがでございました」

池端が訊いた。

「そういえば、今日は町奉行所から付けてくる者の気配がなかったな」

言われて亨は告げた。

「町奉行所から、貴殿を付けてくる者がおると」

池端の表情が厳しいものになった。

「恥ずかしい話だがな」

「店の前にはなにも」

苦い顔をした亨に、池端が重ねて問うた。

「気づかなかったな」

播磨屋に入るとき、亨は背後にしか気を配っていなかった。

「陸《りく》」

「へい」

池端に合図をされた陸という小者が、席を外した。

「見張られていて当然か」

亨が気づかなかったことに自戒した。

「ここ二日ほどだがな、表に無頼らしいのが、ずっと張りついておりましてな」

池端が話した。

「芝神明まで付いてくるのでござるか」

「さよう。途中で合流する者もござる」

亭の確認に、池端が首肯した。

「……当然、今日も」

「おりましょう」

緊張した顔で訊く亭に、池端が首を縦に振った。

「池端の旦那」

そこへ陸が戻ってきた。

「どうだ」

「いやした。二人に増えてますぜ」

陸が池端の問いに答えた。

「二人……合流が早まっただけならいいが……」

池端が腕を組んだ。

「やるか、池端氏」

ずっと黙っていたもう一人の浪人が口を開いた。

「待たれよ、志村《しむら》氏」

池端が浪人を抑えた。

「向こうから襲いかかってきてくれれば、返り討ちが許される。こちらから手出しをするのは、御法度だ」

「守っているだけでは、勝てねえぞ」

志村と言われた浪人が首を横に振った。

「勝ってどうする。我らの仕事は、娘御を守ることだぞ」

池端があきれた。

「おもしろくもねえ」

志村が不満げな顔をした。

「ご辛抱をお願いしますよ。志村さま」

播磨屋伊右衛門も釘を刺した。

「……金主さまに言われちゃしかたねえ」

志村が引いた。

「では、行こうか。なにかあったときは、娘御を中心に二間（約三・六メートル）の幅で陣を敷く」

「わかってござる」

「へい」

陸ともう一人の男がうなずいた。

「任せろ。金のぶんは働く」

志村も同意した。

「そちらは……」

「拙者は慮外者どもを捕らえよう」

内与力は町奉行の家臣でしかないが、その任にある間は、町方役人としての権能を振るうことができた。

「お願いしよう」

町方が側にいるだけで、後々のもめ事はなくなる。いかに用心棒とはいえ、返り討ちはなかなかに面倒であった。少なくとも大番屋へ連れていかれ、まちがいなく雇い主が襲われたのを守るためであり、やむを得ないものであったと町方役人が納得するまで説明しなければならないのだ。

「ほな、お願いします」

咲江が笑いながら立ちあがった。


隠密廻り同心とはいえ、所属は町奉行所になる。格別な役目を受けているときは、何カ月も顔を出さなくてもいいが、そうでないときは同心溜《だまり》へ顔を出さなければならない。

「仕事をしているかどうかを見ねば、長年申しつけられぬ」

江崎羊太郎が隠密廻り同心を引き受けた日、年番方与力左中居作吾が町奉行所全体に、同心の勤務実態を確認するとの名目で、毎朝の顔出しを義務づけた。ちなみに長年とは代替りのことである。

「なにかしらの御用で、しばらく町奉行所へ出てこられぬときは、あらかじめ届け出ておくように。それがお奉行の命でもじゃ」

奉行所の人事を差配する年番方与力の力は大きい。曲淵甲斐守の指示を受けていると言えば、その義務から外れるがまちがいなく、目を付けられる。

「年番方として知っておかねばならぬ。お奉行の指示とはなんだ」

質問してくるくらいならばまだいい。いくらでもごまかしようはある。

「そうか、わかった。出られるときには、顔を出せ」

問わずにそう言われたときが怖い。町奉行所の与力、同心にとって、早坂甚左のように、尾を振らぬ隠密廻り同心は獅子身中の虫どころか敵になる。敵を黙って見逃すほど、お人好しでは町方役人は務まらない。かといって奉行直属の隠密廻り同心に露骨な嫌がらせなどできるはずもなく、その動きを見張るくらいで留《とど》める。

それが問題になった。隠密廻り同心に人を付け、どこでなにをしているかを探り、そこから町奉行の狙いを推測し、邪魔をする。

江崎羊太郎は、それを防ぐために、曲淵甲斐守からなにも命じられていないといった顔をして、朝の点呼を受けていた。

「……よし、一同揃っておるな。今日も役目を大事に、努々《ゆめゆめ》怠ることのないよう」

左中居作吾が、点呼の終わりを告げた。

「さて、風呂に入ってから、見廻りに出るか」

定町廻り同心たちが、日課をこなすために溜から出ていった。

町方役人にはいろいろな特権があった。その一つが朝風呂である。江戸の粋を自負している町方役人たちは、夜だけでなく朝も風呂に入る。町方役人だけではなく、職人も仕事に向かう前に一風呂浴びる習慣が根付いていた。

当然だが、朝風呂を楽しむ男たちで、湯屋は混む。それこそ、隣の男の毛ずねにこすられながら、垢《あか》を掻くとなりかねない。それを嫌がった町方役人は、男湯ではなく女湯に入った。朝から家事に追われ、朝風呂などという贅沢をできない女湯は空いている。入っていたところで、昨夜ごひいき筋のところに泊まった芸者が、家に帰る前に身を清めようと寄るていどなのだ。いつからこうなったかは定かではないが、八丁堀近くの湯屋にはどことも女湯に刀掛けがあった。

「どれ、わたくしも」

江崎羊太郎も腰をあげた。

「ああ、待て、江崎」

左中居作吾が江崎羊太郎を止めた。

「なんでございましょう」

江崎羊太郎が首をかしげた。

「お奉行から、なにか指示は出ておるか」

江崎羊太郎が首を左右に振った。

「別段、今は」

左中居作吾の問いに、江崎羊太郎が首を左右に振った。


「なにもか」

「はい。今は待機しておれと命じられております」

もう一度訊いた左中居作吾に、江崎羊太郎が告げた。

「昨晩遅く、お奉行さまのところへ伺候《しこう》したと聞いているが」

「朝と夜、顔を出すようにと言われておりますれば」

これは別段不思議なことではなかった。町奉行直属の隠密廻り同心として、日に二度ほどの報告は当たり前である。

「昨日はなにを報告した」

具体的な話を左中居作吾が求めた。

「それはちょっと」

江崎羊太郎が口ごもった。

「年番方与力は、町奉行所のなかであったことすべてを差配する。それは知っているな」

「存じあげておりまする」

確認するように言った左中居作吾に、江崎羊太郎がうなずいた。

「すべてを差配するには、すべてを知らねばならぬ。話せ」

左中居作吾が無理強いした。

「お奉行さまにお許しをいただいてくだされば」

江崎羊太郎が抵抗した。

「そなたは愚かであるな。年番方に逆らって町方でやっていけると思っているのか」

「従って左遷された早坂の二の舞になるよりましかと」

脅した左中居作吾に、江崎羊太郎が反論した。

「…………」

左中居作吾が黙った。

「お奉行さまが、北町奉行でなくなられた後、早坂を呼び戻せましょうか、年番方さま」

「むっ」

追撃された左中居作吾が詰まった。

年番方は町奉行所のなかの人事において万能であるが、一度でも町方の支配を外れた者にはなんの影響力も持たなかった。

「左中居さま」

「……なんじゃ」

呼びかけられた左中居作吾が、苦い顔で応じた。

「お奉行さまを甘く見られてはいけませぬ。あのお方は峻烈《しゅんれつ》でござる」

「…………」

江崎羊太郎の忠告に、左中居作吾が沈黙した。

「今までのつもりでおられるならば、痛い目を見ますぞ」

「なにが言いたい」

左中居作吾が低い声を出した。

「あのお方は、配下を駒とも見ておられませぬ」

「どういうことだ」

険しい顔で言う江崎羊太郎に、左中居作吾が怪訝な顔をした。

「今までのお奉行は、我らにすべてを任せて、なにごともなくお役を終えられたい方か、我らを道具として、さらなる上を目指すお方かでござった」

「ああ」

江崎羊太郎の言葉に左中居作吾が同意した。

「今のお奉行は、後者であろう。我らを意のままに使える道具として、手柄を多く立ててご執政衆の目に留まり、さらなる高みを目指す。末はかつての南町奉行大岡越前守さまと同じく、大名にまで上りたいと考えている」

左中居作吾が曲淵甲斐守を評した。

「違いまする」

江崎羊太郎がはっきりと否定した。

「どこが違うと言うのだ。回りくどいぞ」

左中居作吾が江崎羊太郎を急かした。

「あのお方は、わたくしたちを道具として見ておられぬ」

「馬鹿を言うな。我らを配下として信頼しているとでも申すか」

左中居作吾が鼻で笑った。

「いいえ。お奉行さまは、我らなど不要なのでござる」

「…………」

聞かされた左中居作吾が一瞬沈黙した。

「なにを言うか。我らなしで町奉行など一日も務まらぬぞ。それさえわからぬほど馬鹿だと言うのか、おまえは」

左中居作吾があきれた。

「わかっていないのは、あなただ」

江崎羊太郎がため息を吐いた。

「我々はなんでござる。町方役人でござろう。我々は江戸の町を過怠なく回すことで身分を得、禄を与えられている」

「当たり前のことを今更言うな」

「まだおわかりでない。よろしいか、貴殿は常々、奉行などいなくても町奉行所はやっていけると嘯いておられる」

「そうだからな」

左中居作吾が胸を張った。

「裏返せば、やっていくのが当然なのでござる。我らが手を抜き、江戸の町を不穏に陥れた場合、お奉行さまも更迭されましょうが、我らはどうなりまする。まさか、なんの咎めもないと思っておられるのではございますまいな。そうならば、わたくしはこれで失礼しましょう」

江崎羊太郎が左中居作吾を見つめた。

「…………」

左中居作吾が思案に入った。

「世襲で町方のことに精通している。これが我らの強みでございますが、他に代われる者がいないわけではございませぬ」

「火付け盗賊改めか」

ようやく左中居作吾が気づいた。

火付け盗賊改めは、徳川の戦における先陣を務めるお先手組頭の加役であった。

加役とは本役以外に命じられるもので、乱世が終わり戦がなくなった番方旗本に、江戸の治安維持をさせようとして設けられた。

老中などの執政衆も、町奉行所だけでは江戸の治安の悪化を起こしている浪人たちへ対応できないとわかっている。そこで、捕縛、取り調べ、裁可という過程を経なければ、罪人の対応ができない町奉行所に対し、武力には武力、手に余れば斬り捨てていいという権をお先手組に与えた。

そのお先手組にも与力、同心はいる。ただ、やることが荒いため、商家などからは嫌われ、町奉行所の与力、同心と同じ役目を果たしながら、合力金などの余得は少ない。

「あやつらならば、喜んで町方に来るだろうな」

同じ与力、同心とはいえ、戦を旨とする幕府において、先手組と町方には大きな格の差があった。

「罪人ごときしか相手にできぬ不浄職」

番方与力、同心からすると、町方与力、同心は侮蔑の対象であった。

しかし、実状は違いすぎた。

町方与力、同心には、江戸の豪商、大名などから、万一の場合の気遣いを期待しての挨拶金、合力金が贈られている。禄の数倍にも及ぶ余得は、三十俵二人扶持の同心をして千石取りの旗本に匹敵する贅沢をさせた。

同じように江戸の治安を維持していながら、加役手当と呼ばれる六十人扶持だけしかないお先手組とは大きな差があった。六十人扶持とはいえ、これはお先手組全体に渡されるもので、一人当たりにすると二人扶持もない。これで御用聞きの面倒を見ていては、持ち出しするしかなくなる。

事実、名誉のお先手組頭を命じられた旗本で、火付け盗賊改めを加役された者は、金に不足するためか、出世ができない。火付け盗賊改めをしていない先手組頭が、遠国奉行だ、書院番頭だと出世していくなか、延々と加役を繰り返し、そのまま生涯を終える。

苦労のわりに報いがない。格は高くとも、まともに家族を食べさせてさえいけない役。組頭はまだしも、火付け盗賊改め方の与力、同心はたまったものでない。そのうえ、町方与力、同心には偉そうにできても、火付け盗賊改めでない者からすれば、同じ罪人捕縛に携わる不浄職でしかないのだ。

どうせ差別されるならば、実入りだけでも欲しいと火付け盗賊改めの与力、同心が考えていても当然であった。

「町方のことは町方しかできぬ。我らの首を切ったところで、困るのはそちらだという脅しはもう使えませぬぞ」

「…………」

もう一度江崎羊太郎に言われた左中居作吾が黙った。

「吟味方と廻り方は、今からでも交代できましょう」

「年番方は……」

「さすがに年番方は、町奉行所の勘定も見ておられますゆえ、いきなりは難しゅうございましょうが、それでも永遠ではございませぬ」

勘定というのは役所ごとに独特の決まりがある。とはいえ、それを学ぶことはできた。

「…………」

左中居作吾が黙った。

「お奉行さまを甘く見られないことでござる。では」

同じ忠告を繰り返して、江崎羊太郎は左中居作吾の前から去った。

「ちっ、無駄な手間を喰った。これでは風呂に入っている余裕はないな。さっさと播磨屋の女の様子を見に行かねば……」

北町奉行所の門を潜った江崎羊太郎は、後ろから付けてくる者がいないかどうかを気にしつつ、浜御殿へと向かった。

四

二日目の参拝も波乱なく終えた。

「池端さま、どうでしょう」

四人の用心棒は、播磨屋に滞在している。話はゆっくりとできた。播磨屋伊右衛門が、咲江を奥へ引っこませた後で尋ねた。

「後を付けてくる者の出番が変わっただけで、あとは同じだったな。ただ、昨日途中で加わった男は、いなかった」

池端が状況を説明した。

「他にお気づきなことはございませんか」

播磨屋伊右衛門が、他の三人にも問いかけた。

「気になる動きはござらぬ」

「こちらも」

「…………」

三人の警固役用心棒が告げた。

「城見さまは、いかがでございますか」

「別段、気になることはなかったな」

亨も首を横に振った。

「さようでございますか」

軽く一礼した播磨屋伊右衛門が、誰にとはなく問うた。

「いつごろになりましょうかね」

「明日か、明後日くらいでござろう。あの手の連中は辛抱が続かぬ」

池端が推測した。

「十日ほど大人しくしていれば、こちらにも油断が出る。だが、あやつらは正業に就いているわけではないし、我らのように一日いくらで手当をもらっているわけではない。西の娘御をさらっていくらのはず。ときがかかったとか、相手が手強かったからとかで、金は増えない」

「ふむ」

播磨屋伊右衛門が、うなずいた。

「なにより、依頼主が急かすであろう。金を出した連中は、さっさと結果を出せと陰蔵の尻を叩く。いかに陰蔵とはいえ、金主の要求には弱い。役立たずと思われては、次からの仕事に差し障るからの」

池端が説明を終えた。

「なるほど、たしかに金を払わされているのに、なかなか結果が出なければ、腹立たしいですな」

播磨屋伊右衛門が、納得した。

「陰蔵も闇をまとめているとはいえ、裏の者。我慢ができるようならば、端から落ちては行きますまい」

「それに陰蔵が辛抱できても、配下が耐えられまい」

何度も首を縦に振りながら言う播磨屋伊右衛門に、志村が加えた。

「明日には来るか」

「明後日かも知れませぬがな」

言った亨に池端が応じた。

「ところで、城見どのと言われたな」

「なにか」

志村の確認に、亨が怪訝な顔をした。

「どれくらい遣えるのか、見せてもらいたい」

志村が不意に試合を申しこんできた。

「おい、志村」

池端があわてて止めようとした。

「いよいよ、決戦だぞ。そのとき、娘御だけ守ればいいのと、こちらの色男どのの面倒も見なくてはいけないのとでは、力の配分が変わろう」

志村が池端に抗弁した。

「かなりお遣いと聞いておりますよ」

播磨屋伊右衛門が間に入った。

「一刀流《いっとうりゅう》の目録をお持ちとか」

目録とは初心者を脱した証の切り紙よりも上で、実力を認められた免許よりも下の位である。一人前の剣士と認められた者に与えられ、藩士や陪臣などの主君持ちが目指すものであった。

「道場の目録や、免許は商売でござるからの」

実力に応じたものとは限らないと志村が述べた。

「おい、いくらなんでも無礼だぞ」

「志村さま、それは」

池端と播磨屋伊右衛門が、志村をたしなめた。

「背中を預けるとは言わない。一緒に戦えるかどうかを見るだけだ」

志村が亨を見た。

「稽古試合ということでよろしいな」

亨が池端と播磨屋伊右衛門を手をあげて抑えた。

「ほう……」

受けて立つと言った亨に、志村が目を大きくした。

「城見さま、よろしいのでございますか」

播磨屋伊右衛門が、不安そうな顔で問うた。

「互いに腕前を知り合っておくのは、大きい。気にしながら戦うのと、任せられると思って敵と対峙するのでは大きく違う」

亨が理由を話した。

「独りで戦うのは怖ろしい」

空き屋敷での刺客浪人仁科《にしな》との戦いで、亨は孤立無援の恐怖を知った。

「……蔵の前をお遣いくださいませ」

互いがやる気になっている。これ以上の説得は無理だと感じたのか、播磨屋伊右衛門が場所を指定した。

ずらりと酒の入った蔵が並ぶ播磨屋の中庭は、荷出しの都合もあり、草花や仕切りなどがなされていない広場のようであった。

「相手を殺す、わざと傷つけるなどは厳禁である。相手が降伏するか、得物を手放すかすれば、勝敗となす。よいな」

審判役を務める池端が、亨と志村に言い聞かせた。

「承知」

「わかっておる」

亨と志村がうなずいた。

「では、始め」

池端の合図で、亨は木刀を青眼《せいがん》に構えた。

「…………」

対して志村は、木刀をだらりと右手にさげた形で、突っ立っていた。

「……むっ」

亨はその構えが隙だらけなことに危険を感じた。どこから斬りかかっても、余裕で相手を撃てる。しかし、それが志村の誘いだと亨は読んだ。

「後の先……」

相手を先に動かし、それに最高の対応をすることで勝負に勝つ。亨は緊張した。

亨の学んだ一刀流は、塚原卜伝《つかはらぼくでん》にその祖を求める。小野派一刀流に伝えられる甕《かめ》割りの太刀の由縁からもわかるように、真っ向からの一撃を極意とする。後の先もやるが、どちらかというと上段から繰り出す威圧で相手を射竦《いすく》め、相手の抵抗を許さず、先の先で仕留めるのを亨は得手としていた。

「参る」

どのように変化してくるかわからないからといって、思い切りをなくしては勝負をする前に負けが決まる。

亨は木刀をまっすぐにあげて、志村に対峙した。

「ほう」

志村が感嘆の声をあげた。

「できる」

池端も目を大きくした。

待てば待つほど、上段は不利になる。重い太刀を持ちあげているだけで、手が疲れるからだ。

なにより、戦うと決めたら、迷うべきではない。一刀流の教えではないが、師匠が弟子たちに何度も話していたことで、亨のなかに染みついていた。

二人の間合いは四間（約七・二メートル）から三間（約五・四メートル）、そして二間（約三・六メートル）と短くなった。

「来いっ」

志村が誘った。

「おう」

誘いに乗った形で、亨は踏み出した。

上段からの一撃は、振り下ろす勢いとともに、重さも加わる。

「ぬん」

すっと腰を落とした志村が、亨の太刀を上へ弾《はじ》くように受けた。

「やあぁ」

手のなかで暴れようとする木刀を、亨は気合いで押さえこんだ。このまま弾かれては、両手が開く形になり、胴ががら空きになる。

「やるなっ」

志村が後ろに跳んで、間合いを空けた。

「……しっ」

追撃しようと踏み出しかけて亨は我慢した。無理に身体を伸ばすと、背筋に隙ができる。

亨はあやうくそれに気づいた。

「できるな」

「そちらこそ」

志村と亨が構えを正した。

「もういいだろう」

池端が止めた。

「これ以上やると、どちらかか、いや、両方が怪我《けが》をする」

「……いや、すさまじいものでございますね」

首を小さく左右に振った池端に、播磨屋伊右衛門が震えた。

「これが武士というものでござる。武士は人を殺すことを仕事としている。互いの命を気にせず、戦いに身を置ける」

池端が続けた。

「だからこそ、泰平の世には居所がない」

寂しげに池端が笑った。

「でございますな」

播磨屋伊右衛門も同意した。

「剣術は金を産みませぬ。泰平の世では、刀よりも金が強い」

「辛い言葉だ」

志村が苦い顔をした。

「金さえあれば、武士でも飼える……」

亨が目を閉じた。

「町方のお役人が、その典型でございますよ」

播磨屋伊右衛門が、亨の苦悩を見抜いた。

「さて、志村氏。城見どのの腕はどうだ」

「今更か」

確認する池端に志村が苦笑した。

「背中を預けるに値するな」

志村が池端から亨へと顔を向けた。

「浪人したら、いつでも来い。一緒に組もうぞ」

「勘弁してくれ」

勧誘する志村へ、亨が嘆息した。

吾妻屋嘉助は、陰蔵の隠れ家へ催促に来ていた。

「いつやるんだ」

「いろいろと調べているんでございますよ」

陰蔵が言いわけをした。

「さっさとやれよ。たかが女一人をさらうだけじゃねえか」

「それが、どうやらことが相手にばれたようでございましてね。用心棒を付けてしまいまして」

「ばれただと……裏切り者が出たというのか。まさか、儂の名前まで出ているんじゃねえだろうな」

さっと吾妻屋嘉助の顔色が変わった。

吾妻屋嘉助は、先日亭の後を付けた後、竹林一栄の命で自身番に配られた似顔絵を回収していた。これ以上、曲淵甲斐守につけこまれる要因を残しておくわけにはいかないと竹林一栄があわてたためであった。

「裏切り者じゃございません。わたしの配下にそんな愚か者はいませんよ」

非難に陰蔵が首を左右に振った。

「たぶん、仕事を依頼したところから漏れたのでしょう。ご安心を、これ以上はございません」

陰蔵は概ねを摑んでいると告げた。

「大丈夫なんだろうな」

吾妻屋嘉助が不安そうな顔をした。

「まあ、そのあたりは後で話をしよう。で、いつやる」

期日を決めろと吾妻屋嘉助が要求した。

「用心棒を片付けるだけの手を集めておりましたが、ようやく目途《めど》が付きました。数日中には、かならず」

陰蔵が述べた。

「わかった。これ以上の日延べは許さねえぞ。上から急かされてるんだ」

「承知いたしております。お任せを」

釘を刺す吾妻屋嘉助に、陰蔵がうなずいた。

「……帰りやした」

しばらくして巳吉が陰蔵に報告した。

「そうか。まったく、小心者は面倒だな」

陰蔵が口の端を吊りあげた。

「まったくで。あっしらとの付き合いができたところで、てめえも闇の住人になったというのに」

巳吉も鼻で笑った。

「どう思う」

陰蔵が巳吉に問うた。

「罠じゃございますまい。罠を張るには、吾妻屋は馬鹿すぎやす」

巳吉が答えた。

「ああ、そっちは心配していないが、終わった後のことだ」

「娘をさらった後のこととなると、あっしごときじゃわかりやせん」

陰蔵に重ねて訊かれた巳吉が、手をあげた。

「娘をいつまで、吾妻屋はこっちに預けるつもりなんだろうね」

「いつまでもは困りやすね」

巳吉がため息を吐いた。

「死体は埋めてしまうか、重石《おもし》を付けて海に沈めれば、まず見つからなくなるし、逃げる心配もない。しかし、生きた女はそうはいかない。口もきけば、飯も喰う。逃げ出さないように見張っておかなければならない。手間がかかりすぎる」

陰蔵がしみじみと言った。

「そのうえ、日本橋の豪商播磨屋の係人だぞ。金に飽かして捜されては、隠し通すのも難しい」

「やっちまってはいけないので」

巳吉が尋ねた。

「生きていてこそ利用価値があるんだろう、あの女には。町方の御用聞きがさらえと言うほどなんだ」

あるていど陰蔵は裏を見抜いていた。

「さっさと引き渡してしまってはどうなんで」

巳吉が提案した。

「無理だろうな。受け取るつもりがあるなら、最初からそう言うだろう。手元に置いておきたくはないのだ」

「まずい相手なんじゃ」

　不安そうな目で巳吉が陰蔵を見た。

「女の正体を知りたいが、今更無理か。いや、待てよ。たしか神田の次郎の頼みで仁科の旦那を出した相手が……おい、誰か日吉を呼んできな」

　陰蔵が配下に命じた。

「……お待たせを」

　親分を怒らせれば命が危ない。日吉が息せき切って駆けこんできた。

「ああ、おまえ昨日から若侍が一人加わったと言ってなかったかい」

「へい。申しあげやした」

　日吉が首肯した。

「どんな奴だ」

「普通の若侍でございますよ。浪人じゃありやせん。ありゃあ、主持ちで。身形がいいとまでは言えませんが、身ぎれいで」

　思い出すように日吉が言った。

「他になにかないか」

「そうでやすねえ……」

しばらく日吉が思案した。

「ああ、そういえば娘が、城見さまと呼んでやした」

日吉が手を叩いた。

「城見だと……」

陰蔵が驚いた。

「親方、ひょっとして……」

巳吉が陰蔵に問うような声をかけた。

「仁科さんが襲って返り討ちに遭った相手、北町奉行曲淵甲斐守の家臣だ」

「げっ」

「そいつは」

日吉が絶句し、巳吉が目を細めた。

「おもしろいことになりそうだ。女をさらった後、吾妻屋を脅して金を引き出すか、曲淵甲斐守と交渉して、町方からお構いなしのお墨付きをもらうか。やりようによっては、千両以上の値打ちがあるぞ」
陰蔵が興奮した。

第五章　最後のあがき

一

　咲江は機嫌がよかった。

　訪ねて行かずとも、探し回らずとも、亨と会えるのだ。いや、会いに来てくれるのだ。

「城見さま、今日もよろしゅうお頼申します」

　己が囮だというのも忘れたかのように、咲江は浮き足立っていた。

「慎重にな」

　亨はそんな咲江にあきれていた。

「はい」

元気よく、咲江が返事をした。

「……すみませぬ」

見送りに店先まで出た播磨屋伊右衛門が、申しわけなさそうに言った。

「いや、お大事な娘御をお預かりする」

亨が播磨屋伊右衛門に告げた。

「お願いをいたしまする」

「出るぞ」

一礼した播磨屋伊右衛門を合図代わりに、池端が出立を告げた。

「おい、城見」

「なんだ」

あの試合以降、志村は亨を呼び捨てにするようになり、亨も砕けた対応を取っていた。

「気づいたか」

「……増えていたな」

志村の問いかけに亨がうなずいた。

「何人見た」

「向かいの店の側に二人、少し後ろの辻に二人、あの右の辻に二人」

亨が目だけで数えた。

「ふ、惜しいな。左の屋根の上に一人いる」

「上か。昼間にそんな目立つところにいるとは思っていなかった」

一人抜けていると言われた亨が悔しげに顔をゆがめた。

「なあに、屋根の上というのは、意外と目立たないものだ。人は己の見える範囲以外を気にしないからな。遠目だけ避けておけばいい」

志村が教えた。

「いい勉強になった」

亨は素直に感謝した。

剣術というのは、基本として一対一を想定している。それも相手が見えているという前提で稽古を重ねる。上、下などからの攻撃への対処は習っていない。

「刺客というのは、卑怯《ひきょう》未練なものだ。相手を殺すのが目的で、正々堂々なんぞ、歯牙《しが》にもかけていない。弓矢を使うなど当たり前、得物に毒を塗るくらいは平気でする」

「気を付けよう。しかし、詳しいな」

亨が志村の博識に驚いた。

「やっていたからな」

「なっ……」

あっさりと言った志村に、亨が絶句した。

「生きていくには金が要るからな」

志村が淡々と口にした。

「…………」

なにもしなくても禄がもらえる武士である亨に、その一言は重たかった。

「もっともすぐに止めた。何人かの命を奪ったことは否定せぬが、あれは続けるものではない。人を守る、信念を貫くなどで人を討つのとは違う。ただ金のために人を殺すのは、心に何とも言えない澱《おり》のようなものがたまる」

歩きながら志村が語った。

「その澱が心から溢《あふ》れたとき、人は人でなくなる。そうなる前に、抜けた。いや、怖くなったんだな。人を無意味に殺すことに慣れるのが。もっとも、今でも遠慮はせんさ、相手が敵ならば」

志村が躊躇《ちゅうちょ》はしないと口にした。

「では、今回の仕事は……」

亨が問うた。

「刺客の気持ちがわかるのは、刺客だろう」

志村が笑った。

「…………」

一瞬亨は考えた。

「で、どうだ。もと刺客としては」

飾ることなく、亨は訊いた。

「来るな」

一言で志村が襲撃を予言した。

「人数が増えた。今までは、一応ひそかに様子を見ているといった体《てい》であった。それが、変わった。付けてくる人数が増えれば、こちらもそれに対応しようとする。

しかし、後手に回るのは確かだ。こちらが警固の人数を増やすには、どうしても数日かかる」

「信用できない者を招き入れるわけにはいかぬからな」

警固で雇ったのが、敵の回し者だということはままある。盗賊避《よ》けに雇った用心棒が、引きこみ役だったでは、無意味どころの騒ぎではなくなる。どうしても警固の者を増やすには、下調べが要った。

「こちらの準備ができる前に来るか」

亨が緊張した。

「おい、精神の力を抜け。吾《われ》こそはと思うな」

志村が亨に注意した。

「心が固まれば、身体はさらに硬くなる。硬くなっては切っ先が伸びぬぞ」

「……であった」

言われた亨は、大きく息を吐いて、肩の力を抜いた。

「そうだ。いつでも応じられるように、身体に力は入れるな。あと、鯉口はさりげなく切っておけ」

さらなる助言を志村がくれた。

「危なくないのか」

亨が懸念を表した。

鯉口は、刀の鞘に設けられた刀身を固定するためのものだ。刀の柄側にあるはばきに合わせて作られた鞘の入り口で、しっかりと刀を保持する。鯉口がなければ、腰を屈めたり、俯いたりしたときに、太刀が鞘から滑り出てしまう。

当然ながら、ここを緩めなければ太刀は抜けない。これを鯉口を切ると称した。

「一瞬の遅れが怖い。飛んでくる矢や手裏剣は、鯉口を切っている間に刺さるぞ」

志村が油断するなと忠告した。

「わかった」

首肯して亨は太刀と脇差、両方の鯉口を切った。

巳吉と竜崎が、浜御殿角で待ち伏せをしていた。

「まもなく来やす」

日吉が駆けこんできた。

「人数はどうだ」

「昨日と一緒、増えてやせん」

竜崎の問いに、日吉が答えた。

「なら、楽勝だな」

にやりと竜崎が口の端を吊りあげた。

「用心棒どもは片付けていいのだな」

「お願いしやす」

確認する竜崎に、巳吉がうなずいた。

「とくに城見とかいう、曲淵甲斐守の家臣はかならず仕留めてくだせえ」

「わかっている。仁科が討ち漏らした後始末だろう」

念を押した巳吉に竜崎が応じた。

「依頼主の神田の次郎は死にやしたがね。陰蔵の親方が引き受けて、生き残っているのがいるのは、評判にかかわりやすので」

巳吉が告げた。

「任せろ」

竜崎が胸を叩いた後、後ろを見た。

「儂に当てるなよ」

二人の後ろに控えている男に、竜崎が言った。

「気にはしやすが、放ってからのことまでは責任持ちやせん。旦那も背中に気を配ってくだせえ」

弓を手にした男が竜崎に返した。

「誤射もあり得る……か。それはおもしろい」

竜崎が笑った。

「そろそろ間合いに入りやす」

弓持ちの男が、矢を手に持った。

「初手は譲らねばならぬようじゃな」

鯉口を切って、太刀を抜きながら竜崎が残念そうに言った。

「二人は減らせよ」

巳吉が射手たる弓持ちの男へ命じた。

「…………」

集中に入った射手は返事をしなかった。

大弓は、名人が引くと四丁（約四百メートル）ほど届く。もちろん、届くだけで威力はほとんどなくなる。鎧武者《よろいむしゃ》を射貫くには、一丁（約百メートル）を切った間合いまで待たなければならない。

「二人……」

射手が呟いた。

大弓の威力はすさまじい。至近であれば、頭を吹き飛ばすこともできる。その代わり、弦を引くのにかなりの技量が要り、一度放てば、その次を撃つまで、新たな間が要った。

「女には絶対当てるな」

さらなる条件を巳吉が加えた。

「遠矢になるが……後ろの用心棒から」

先頭を狙って、矢が外れたら、その後ろに続く咲江に当たることもある。それを防ぐには、咲江の頭をこえる一撃が必須となった。

「行けっ」

弓を半月のようになるまで引き絞った射手が、矢をつがえていた指を開いた。

二

放たれた矢とはいえ、音よりは遅い。

「矢だ」

最初に対応したのは、今日は先頭を歩いていた池端であった。

「城見。娘を」

「わかっている」

志村に言われた亨が、脇差を抜きながら前を行く咲江へ近づいた。

矢は早い。刀で打ち払うには、重い太刀よりも脇差が適している。亨は応戦よりも守りを優先した。

「ちえええ」

志村が太刀で飛んでくる矢に向かい合った。正中に構えた太刀が、小さく動き、矢を落とした。

「こちらを狙っているとわかれば、まっすぐの矢なぞどうということはないわ」

志村が二の矢を警戒しながら嘯いた。

「次が来るぞ」

池端がまた叫んだ。

「陸」

今度は志村と組んでいた男が狙われた。

「ひゃああ」

匕首しか持っていない男は、頭を抱えながら転がって避けた。

「まずい。このままじゃ、やられ放題だ」

池端が顔色を変えた。

「突っこむしかなかろう。拙者が行く」

志村が走り出した。

「陸、腰抜けとの噂が欲しくなかったら、後ろをしっかり守れよ」

走りながら志村が、地面に座ったままの男に言った。

「へ、へい」

陸がうなずいた。

「数がわからぬのに、無茶をする」

横を駆け抜けていった志村に、池端があきれた。

「だが、いい判断だ」

池端が腰を屈めた。

「矢の飛んでくる間隔から見ると、射手は一人。射手には護衛が付いているだろうが、せいぜい一人か二人……なら志村だけで大丈夫だな。多助、来るぞ」

先頭を一緒に歩いていた男に、池端が声をかけた。

「へい」

多助と呼ばれた男が背負っていた手鉤《てかぎ》を構えた。

「城見どの、西どのの警固はお願いする」

「承知」

池端にも言われた亨が脇差を鞘へ戻し、太刀へと替えた。

「おい、おい、一矢《いっし》も当たらねえとは、問題じゃねえのか。これじゃあ、金をもらえなかろう」

竜崎が射手を揶揄した。

「くそっ」

射手が焦って三本目の矢を放った。

「喰らうかよ」

狙われた志村が、左右に身を揺するようにしてかわした。

「ここまでだな。これ以上は味方を撃つことになる」

竜崎が、射手を止めた。

「あの野郎の相手をお願いしますよ。あっしは残っている連中を」

「おうよ。すぐにそちらへ加わるから、残しておいてくれ」

巳吉の言葉に竜崎が手をあげた。

「城見さま」

小さく震えながらも咲江が気丈な表情を見せた。

「大事ない。いつまでも向こうはやっておられぬ。ここは東海道だ。いかに人気《ひとけ》のない頃合いといえども、無人ではないからな」

亨が咲江を落ち着かせようと述べた。

「はい」

咲江がうなずいた。

「伊兵衛、反対側を見張ってくれ」

「へ、へい」

亨の指示に伊兵衛が首肯した。

「…………」

行列の後を付けてきた連中が、走り寄ってきた。

「旦那。五人」

陸が警告を発した。

「……行くぞ」

左右からの攻撃がないことを確認した亨が、後ろへの対応をすべく振り向いた。

「飛び道具はなし。となれば……陸、近づけ。まとまってやる」

「合点」

陸が少し下がってきた。

「男は殺せ。女には傷を付けるなよ」

近づいてくる五人の先頭にいた中年の男が念を押した。

「おう」

「わかっている」

男たちが首を縦に振った。

「陸、左を任せていいか」

「二人が精一杯でございますので……」

「十分だ。ちょっと耐えてくれ」

亨が飛び出した。

「あっ、城見さま」

咲江が心配そうに手を伸ばした。

「……あかん」

力なく咲江が手を下ろした。

「あたいには、その資格はないんや」

「お嬢はん」

伊兵衛が聞き咎めた。

「今回のこと、あたいが決めたんや。城見はんの腕も勘定に入れてや。そやさかい、あたいは目を閉じることも許されへん」

咲江が胸に差した懐刀《ふところがたな》の袋を解いた。

「お嬢はんまで戦う気ですか」

伊兵衛が目を剝いた。

「戦えるわけないやろ。刀なんぞ、この懐刀をもらったときにもの珍しさから抜いたときだけや」

小さく咲江がため息を吐いた。

「女の懐刀は身を守るもんやない。操を守るもんや」

「……まさか」

懐刀の柄を袋から出した咲江に、伊兵衛が顔色を変えた。

「城見はんに万一遭ったら……」

「お、お嬢はん」

「そのときは邪魔しいなや。許さへんからな」

「しゃあかて、そんなん大坂の旦那はんが……」

伊兵衛は西海屋得兵衛から咲江の付き人として江戸へ出てきている。咲江になにかあれば、大坂へ戻れない。

「……そうやな。伊兵衛のことがあったわ」

咲江が懐刀をもとに戻した。

「そんときは抜けがらの人形やけど、大坂へ連れて帰り」

「お嬢……」

言われた伊兵衛が目を見張った。

「死ねや」

駆けてくる敵には勢いがある。戦でもそうだ。待つよりも攻めるほうが、気迫が乗る。最初の一人が匕首でかかってきた。

「刃渡りを考えろ」

亨は足を止めて、突出した一人を袈裟懸けに斬った。

「ぎゃああ」

一撃で最初の一人が死んだ。

「このやろう」

続けて二人目がぶつかるように来た。

「つえい」

下段に落ちた太刀を、天へと戻す。切っ先が二人目の男の下腹を割いた。

「あああ」

割れた腹からこぼれ落ちる腸を男が両手で抱えた。

「ちぃい。待て」

中年の男が手を広げた。

「…………」

残った三人が足を止めた。

「集団での戦いに慣れていないな」

亨が笑った。

「当然か。刺客は一人の相手を目立たず仕留めるものだからな。数名の警固に守られた相手を多人数で襲うような派手なまねをしたことはない」

「なんだと」

中年の男が亨の言葉にいきりたった。

「多人数で来るなら、足並みを揃える。そうすれば遅速がなくなり、同時にあたれる。まあ、それを知らなかったお陰で、こちらは近づいてきた敵を片付けるだけの一対一に持ちこめた」

「……くそっ」

失策を教えられた中年の男が歯がみをした。

「ならば、三人同時にかかるぞ」

「へい」

「おう」

中年の男の指示に、二人の男が応じた。

「一斉にだ。得物を構えろ」

言いながら中年の男が長脇差を抜き、鞘を捨てた。

庶民から刀を取りあげた幕府だが、旅のときの護身用として脇差ていどの刃物を持つことは認めていた。それを無頼たちは拡大解釈して、太刀のことを長脇差と呼んで使っていた。

「いいか、逸《はや》るなよ。一緒に攻撃を仕掛けるぞ」

中年の男が二人に釘を刺した。

志村は浜御殿の角に目標を見つけた。

「いた」

太刀を右肩に担ぐようにして、志村が突っこんだ。

「いいな。やる気があって」

竜崎が楽しそうに立ちはだかった。

「しゃあああ」

駆けた勢いを乗せて、志村が肩の太刀を振り落とした。

「おうよ」

腰を落として、竜崎が受けた。

「行け」

「お願いしました」

巳吉がその横を通り抜けた。

「さて、あらためて、殺し合おうぞ」

竜崎が志村の太刀を弾こうと力を入れた。

「……………」

無言で志村が竜崎の太刀を押した。

「……やる。そのまま後ろへ引いていれば、つけこんで追い撃ったものを」

竜崎が褒めた。

「おい、射ろ」

志村と鍔迫り合いをしながら、竜崎が射手に命じた。

「もう、無理ですぜ」

仲間と得物が近づきすぎては、同士討ちをするかも知れない飛び道具は使えなくなる。

「気にするな。当たるほうが悪い」

竜崎がやれと指図した。

「………」

射手が黙った。いかに刺客同士、普段は付き合いがないとはいえ、さすがに仲間殺しはまずい。親しい仲間を殺したからといって、仇《あだ》討ちされることはないが、混戦が予想される場には呼んでもらえなくなるのは確実であった。

「今更、仲間殺しをためらうな。我らは人を殺して生きている。それが敵か味方かなどささいなことよ」

竜崎がさらに求めた。

「仲間殺しで蔑まれるより、依頼を失敗して親方から粛清されるほうがまずかろう」

「それは、たしかに」

射手が納得した。

「我らは駒よ。親方にとって、遣えるか遣えないかしか、価値がない。役に立たなくなったときは、一顧だにされず捨てられる。そうなったら、生きてはいけぬぞ」

もう一押しを竜崎がした。

「……恨むなよ」

決意した射手が矢をつがえた。

「どうだ、仲間が射貫かれるのを防げぬ気持ちは」

竜崎が志村の動揺を誘った。

「射貫かれるほうが間抜けなだけだ」

志村が平然と流した。

「……きさま」

背後を気にする振りさえ見せない志村に、竜崎が唖然とした。

「この仕事を受けたときから、負けて殺されることも考えに入れている。死にたくなければ、用心棒などせず、大工、左官の下働きでもしていればいいだけ」

志村は竜崎の隙を見逃さなかった。

「しゃああ」

二間の間合いを一息になくして、志村が竜崎へ斬りかかった。

「うおっ」

一瞬、竜崎が遅れた。が、かろうじて一撃を受け止めた。

「後ろを気にしすぎたのは、おまえだ」

対峙している間、ずっと射手に語りかけていた竜崎を志村はずっと見ていた。

「いかに前を向いていても、背後に語りかけていれば、気のいくらかはそちらに逸れる。殺し合いの場で、それをする余裕があるほどの腕には見えぬぞ」

志村が受け止められた太刀を滑らせて、竜崎の手元へ切っ先を近づけた。

「くっ」

真剣には独特の迫力がある。触れただけで命を奪えるのだ。いかに慣れていても、白刃が迫るのを目の前にして平然としていられる者は少ない。

竜崎が太刀を引いて、逃げようとした。

「させるかよ」

引くと読んでいた志村が、しっかりと竜崎に付いていった。

「こいつっ、しつこい」

変わらない間合いに竜崎が焦って、さらに後ろへ跳ぼうとした。

「だ、旦那」

後ろを見ずに近づいてくる竜崎に、弓をつがえていた射手が驚いた。

「あっ」

背中であがった声に、竜崎が反応して振り向いた。

「やっ」

志村が体勢を崩した竜崎に一太刀浴びせた。

「がっああ」

胸骨から左の脇腹までを切っ先で斬られた竜崎が絶叫した。

肋骨を中央で止める役割をしている胸骨が割れたら、左右の調和は崩れる。発達している利き腕側の筋に肋骨が引きずられ、肺の機能が不全になった。

「はひゅ、はひゅ」

息がまともにできなくなった竜崎が、鳴らない笛のような音を立てて崩れた。

「さて、次は」

「ひ、ひいいい」

志村に睨みつけられた射手が怯えた。

弓使いは近接されると弱い。弓を引く都合上、鎧などの動きを制限するものは付けにくいうえ、矢数を増やすために刀などの護身用具を持たない。

「わああああ」

弓を捨てて、射手が逃げ出した。

「ふむ。投《な》ぐ矢《や》は初めてだが……」

志村が落ちていた矢を拾いあげると、射手の背中に向けて投げつけた。

「ぎゃっ」

矢が射手の背中に突き刺さった。

「おおっ。意外といけるな」

転んで呻《うめ》いている射手のもとへ、志村が歩み寄った。

「た、助けて……」

射手が首を曲げて志村を見上げた。

「なにも知らず、いきなり矢で射貫かれた者は、命乞いもできなかったのだ。理不尽に命を奪ってきたのが、己の番になっただけ」

「か、金なら……」

「肺腑《はいふ》に穴が開いたんだ。もう、助からないことくらいわかっているだろう。長く苦しみぬいて逝くよりは、ましな死にかただと思え」

まだすがる射手の首に、志村が太刀を突き刺した。

「………」

声もなく射手が死んだ。

「いずれ、地獄で会おう」

志村が太刀を射手の首から抜いた。

三

亨たちの接近を竜崎らに告げた日吉は、その足で咲江をさらう役目の陰間二人と合流していた。陰間と日吉たちは、竜崎とは反対側の辻角に身を潜めていた。

「どうなっているんだ」

日吉が状況のまずさに戸惑っていた。

弓矢で数を減らし、後ろから圧倒するはずだったのに、亨によって減らされている。最初の計画は崩れていた。

「おい、これじゃあ、手出しのしようがないぞ」

陰間で咲江をさらうための人員として雇われたうちの一人、鶴弥が日吉に迫った。

「いや、今ならいけるぞ。女の守りは、奉公人と用心棒の男一人だけだ。奉公人はものの数に入らない。おいらが用心棒を抑える。その間に、女を連れていけ」

日吉が決断した。

「そんなことできない。あの奉公人と喧嘩するなんて」

鶴弥が怖がった。

「やるんだよ。やらなきゃ、陰蔵の親方に殺されるぞ」

日吉が失敗したときの恐怖を口にした。

「亀弥……」

泣きそうな顔で鶴弥が、もう一人の陰間を見た。

「半金はもらってしまったし、やらなきゃ本当に殺される。一緒にならできる」

陰蔵の怖ろしさを、闇の住人は身に染みて知っている。亀弥が鶴弥を励ました。

「うん」

鶴弥が首肯した。

「よし、おいらが先に出る」

日吉が駆け出した。

「あ、ああ」

「行くよ」

鶴弥と亀弥が後に続いた。

「お嬢はん、そこから動いたらあきまへんで」

亭から注意されていた伊兵衛が日吉たちに気づいた。

「助けは期待できへんな」

ちらと池端のほうへ目をやった伊兵衛は、そちらでも戦いが起こっているのを見て首を横に振った。

「三人か。なんや、後ろの二人は、腰が引けとる」

伊兵衛は首をかしげた。

「娘さんを頼む」

陸が日吉の相手に出た。

「来やがれ」

逆手に持った匕首を大きく振って、日吉を牽制《けんせい》する。

「なんの」

日吉がたたらを踏んでそれをかわした。

「わあ」

「危ない」

戦いどころか、刃物にも慣れていない陰間二人が、届くはずのない匕首のきらめきに驚いて、足を止めた。

「阿呆、さっさと行け」

日吉が怒鳴りつけた。

「あ、はい」

「そうや」

鶴弥と亀弥が、叱られて動き出した。

「こっちに来なさい」

亀弥が咲江を呼んだ。

「やさしく言っている間に、言うこと聞かないと痛い目に遭わせるよ」

鶴弥が咲江を脅した。

「なに言うてるん。そっちのほうが、えらい目に遭うとわかってるのに、大人しく付いていくはずないやん。子供ちゃうねんで」

上方弁丸出しで、咲江が言い返した。

「はしたない」

「だから女は……」

咲江の口の悪さに、鶴弥と亀弥が嫌そうな顔をした。

「ちょっと躾《しつ》けてあげなきゃ」

「うん」

顔を見合わせた二人が陸と日吉の戦いが離れていることを確認して、近づいた。

「そこの男さんは、じっとしといて。そうしたら怪我させないから」

鶴弥が伊兵衛を制した。

「はあ」

伊兵衛が嘆息した。

「奉公人が、主のお身内を守らんはずないのに」

「やる気、こっちは二人いるのに」

あきれた伊兵衛に鶴弥が目を剝いた。

「手加減したげ。どう見ても素人《しろうと》やわ」

咲江が伊兵衛に言った。

「あきまへん。お嬢を狙った以上、相応の目には遭わせまっさ」

伊兵衛が拒んだ。

「このっ。亀、こいつを抑えるから、女を」

鶴弥が伊兵衛を摑みに来た。

「阿呆がっ」

着物の襟に手をかけた鶴弥の臑《すね》を伊兵衛が蹴飛ばした。

「ぎゃっ」

鶴弥が絶叫して臑を抱えて転がり回った。

「……鶴」

咲江へ向かおうとしていた亀弥が固まった。

「お嬢の見張りやと思われているがな。そもそもお嬢になんか遭ったときの対応ができへんようでは、見張りの役にも立たんやろ」

伊兵衛が転がっている鶴弥の顔に、蹴りを入れた。

「ひっ。陰間の命の顔に……無情な」

亀弥が悲鳴をあげた。

「なんや、おまえら陰間か。こんな馬鹿なまねをせんでも生きていけるやろう」

「…………」

伊兵衛に言われて亀弥が黙った。

「金をくれると言われて話に乗ったんやろ。なら、自業自得や」

伊兵衛は冷たく告げると、咲江の手前で怯えている亀弥に近づいた。

「ひっ。堪忍」

亀弥が頭を抱えて座りこんだ。

「痛い目には遭わさんといたるが、後で全部話してもらうで」

「なんでもしゃべるから、乱暴せんとって」

伊兵衛に肩を押さえられた亀弥がうなずいた。

「……強かったんやな、伊兵衛」

咲江が目を剝いた。


日吉が鶴弥と亀弥の敗北に、顔色を変えた。

「これはまずい」

陸と匕首のやり合いをしながら、日吉は負けが決まったと感じていた。

「鶴と亀が捕まったのは……」

陰蔵の居場所までは知らないが、事情をあるていど理解している二人である。捕まって問われれば、知っていることを全部語ってしまう。

「かといって、こいつ手強い」

日吉が陸を睨んだ。

「目が泳いでるな。逃げ出す算段か」

陸がしっかりと見抜いていた。

「ちっ」

日吉が舌打ちした。

「……くらえっ」

ぐっと日吉が匕首を突き出した。

「おっと」

軽々と陸が避けた。

「…………」

半間（約九十センチメートル）ほどの距離が空いたとたん、日吉が脱兎《だつと》のごとく逃げ出した。

「あっ……」

切っ先を避けるために、体重を後ろへかけた陸は咄嗟《とっさ》に出遅れた。

「ちっ。しかたねえ」

一人を追いかけて、咲江から離れるわけにはいかなかった。

「二人の陰間を縛りあげるとするか」

日吉をあきらめた陸が、匕首を鞘へ戻し、倒れたまま気を失っている鶴弥の帯を解きにかかった。

背後での戦いを亨たちに任せた池端と多助は巳吉とそれに続いてきた男たちの攻撃をいなしていた。

「ここを突破させねばいい。相手を倒すことよりも、通すな」

池端は警固に慣れていた。多人数を相手にするときは、守りを固めてときを稼ぐのがなによりであり、無理をして敵の数を減らそうとして、その間隙《かんげき》を縫われては意味がないとよくわかっている。

「くそっ。おめえら、なんとかしろ」

巳吉が苛立った。

「と言われても、兄い。こいつらうまく連係を取りやがって……」

巳吉に付いてきた男が泣き言を口にした。

「竜崎さんは、どうしたんだ。いつもの悪い癖で、いたぶっているんじゃないだろうな」

そろそろ来てもいいはずだと、巳吉が文句を言った。

「おい、その竜崎というのが一人なら、いつまで待っても来ないぞ」

池端が割りこんだ。

「なんだと……竜崎さんが負けるとでも」

「ああ、志村は強い。なにより、人を殺すのに慣れている」

反発した巳吉に、池端が首肯した。

「そんなことが……」

「なによりの証拠に、矢が止まった。まさか、同士討ちを気にして放たなくなったなどと言うなよ。刺客はそんなに甘いものではないだろう」

「……まさか」

疑心暗鬼になった巳吉が振り向いてしまった。

「竜崎さん……」

そこには、竜崎に続いて、射手を倒した志村がいた。

「突っこめ」

巳吉が配下たちに指示した。

「数で押し通せ。一人、二人はあきらめろ」

多少の犠牲はやむを得ないと巳吉が言い放った。

「おう」

「後で金を弾んでくださいよ」

三人の配下たちが、池端と多助へ向かった。

「……」

池端と多助の手が配下たちとの対応でふさがれた瞬間、巳吉がその場を離れた。

「逃げるぞ」

池端と多助に攻撃を加えている配下たちは、巳吉に見捨てられたことに気づいていない。池端が教えた。

「あ、兄い」

「そんな」

配下たちが顔色を変えた。

「逃げるなら追わぬぞ」

警固の仕事は、咲江を守ることで無頼を減らすことでも捕まえることでもない。池端が勧めた。

「ほれ」

合わすように多助が手鉤を振った。

一尺ほどの棒の先に、小さな鎌のような刃物を付けた手鉤は、相手に打ちこんで引きつけるものだ。鎌のような先端は五寸（約十五センチメートル）もない短いものだが、その分太く、刺されればまず戦えなくなる。

「おわっ」

兄貴分の逃亡で気の弱ったところへの威嚇《いかく》に、三人の無頼の心は折れた。もともと他人をどうにかして、己はいい思いをしたいという肚《はら》なしの男たちである。有利なときは嵩にかかってくるが、一度駄目だと感じると踏み止《とど》まることはできない。

「わあああ」

「お、覚えてやがれ」

悲鳴と捨てぜりふを残して、男たちが品川へと散っていった。

「どうやら、終わったな」

後ろを確認した池端が、亨が最後の一人を斬り伏せるのを見て呟いた。

四

行列に被害は出ず、相手は殲滅《せんめつ》に近い。

「大成功だな」

満足そうに池端が言った。

「播磨屋へ戻ろう」

池端が帰途すると告げた。

「あとは、陰蔵の居場所がわかればそれで終わりだな」

「逃げ出した男たちを……」

「陰供が追っているはずだ」

亨の質問に池端が答えた。

「陰供……」

初めて聞く言葉に亨が怪訝な顔をした。

「そうか、城見どのは報されていなかったのだな」

池端がまずいなと、頭を掻いた。

「どういうことか、池端どの」

「むう」

池端が唸った。

「教えてやれよ。知っておくべきだろう。もっとも娘御には聞かせないほうがいいだろうがな」

志村が口を挟んだ。

「咲江どのには聞かせられぬか」

「ああ。播磨屋の後ろ暗いところを知るのはきついだろう」

志村が伊兵衛と話しながら歩いている咲江へ目をやった。

「播磨屋どのが後ろ暗いことをしていると言うか」

亨が志村に迫った。

「おいおい、青臭いことを言うなよ。おぬしもわかっているだろう、世のなかがきれいごとだけで回っていないことくらいは」

志村が亨を諫めた。

「それは……」

内与力として、町奉行所のなかがどす黒いことを見ている、いや、大坂西町奉行所にいたときに、もっと露骨な金の遣り取りを目の当たりにした。世間がどれだけ薄汚れているかは、十分に知っている。それだけに播磨屋伊右衛門や西海屋得兵衛などの親しい者は、闇に染まっていて欲しくはなかった。

「ああ、もちろん、播磨屋どのが後ろ暗いことをしているというわけではない」

池端が後を受けた。

「ただ、そういう連中との付き合いが……な」

「なるほど」

亨が理解した。

「貴殿たちの募集」

豪商だからといって用心棒をそうそう簡単に雇えるものではなかった。ましてや、命の遣り取りを平然とおこなえる用心棒など、江戸でも数えるほどしかいない。当たり前だ、どういう事情であっても人を殺した経験を持つ者など、そこいらに転っているものではないし、その人物がまともかどうかの保証もない。

そういった用心棒を斡旋《あっせん》する人物との付き合いがなければまず無理である。

「それもあるがな」

池端が微妙な顔をした。

「問題はそこではないぞ」

志村が否定した。

「…………」

亨はわからないと無言で伝えるしかなかった。

「どうやってあの娘御が、襲われるとわかったんだ」

志村が咲江を見た。

「あっ」

言われた亨が驚愕した。

「普通は、襲われてから救出に走るものだろう。あるいはなにかの兆候があってから、対応に動く」

「播磨屋伊右衛門どのは、咲江どのが襲われると知って、十全な準備ができた」

亨が口に出した。

「そうだ。わかっただろう。播磨屋どのに、陰蔵が娘を狙っていると報せた者がいる」

「どうやってそれを知ったか。つまり、知った者も闇にいる」

志村の言葉に、亨が首を縦に振った。

「その者を調べるなと……」

「今度は飲みこみが早いな」

にやりと志村が笑った。

「そこに吾も志村も繫がっている。調べられては、明日から飯の喰いあげだ。まあ、今回の播磨屋どのの支払いがあるゆえ、一年くらいはどこかへ湯治に出てもよいのだがな」

池端が苦笑しながら話を続けた。

「いつまでもやっておれる仕事ではない。体力や知力が衰えたら、そこまでだ。殺されるか、衰えて仕事がなくなるか。そうならないうちに、金を貯めて、後に備えなければならぬのだ」

「……………」

これも主君持ちが気にしなくてもすむことであった。亨にはなにも言う資格はなかった。

「ゆえにな。いい親方というのは、大事でな。仕事を見つけてくる、依頼主と交渉をする、なにかあったときの後始末をしてくれる。これらのできる親方は少ない」

「吾も池端も、腕に覚えはあっても、そういったものには疎くてな。今、親方を失えば、我らは刺客になるか、斬り取り強盗をするかになる」

志村が池端を援護した。

「よくわかった。拙者はなにも知らぬことにする」

気づいていない振りをすると亨は告げた。

「どうせ、お奉行さまはお気づきだろうしな」

曲淵甲斐守なら、それを暴き立てるよりも利用するほうに回る。

「そうしてくれると助かる。今回の陰供どもは、あえて紹介せぬ。知らぬほうがごまかしやすいだろうしの」

池端が首を横に振った。

「しかし、陰蔵を許すわけにはいかぬぞ」

「わかっている。それはおそらく、今夜中に報告があろう」

「失敗したとわかって逃げ出したりせぬのか。隠れ家が一カ所だけとは思えぬ」

答えた池端に、亨が懸念を表した。

「それを含めて、陰供は動く。逃げたところまで追いかけるのが陰供だ。それに我らが陰蔵の力を大幅に削ったからな。陰供にまで気を回す余裕はなかろう」

「ああ。陰蔵は勝ち続けてきたからな。負けた経験がない」

池端と志村がうなずき合った。

「さて、ここで二手に分かれよう。お嬢さんが、こんな血まみれの男を引き連れて播磨屋へ入るわけにもいくまい。我らは裏から参る。念のため多助を付ける」

咲江の評判を下げるわけにはいかないと池端が別行動を申し出た。

「かたじけなし」

亨も認めた。

「では、後でな」

手をあげた志村らと別れ、亨たちは日本橋の表通りを進んだ。

「さっさと歩きやがれ」

陸が気を失った鶴弥を背負っている亀弥の紐《ひも》を引っ張った。

「無理やあ、足が痛い」

亀弥が泣き言を漏らした。

「黙って運べ。それとも回向院へ行くか。それなら、歩かんですむぞ」

回向院は無縁仏を受けつけてくれる。陸は死んで荷車に乗せられたいかと亀弥を脅した。

「堪忍やああ」

亀弥が両手を合わせて懇願した。

「もうちょっとで播磨屋さんの裏口に着く。そこまでがんばれ」

陸が亀弥の紐をまた引いた。

「あうっ」

亀弥がよろめいた。

「……………」

背負われている鶴弥も揺れた。

そこへ白刃が飛んできた。白刃は動いたことで致命傷にならずにすんだとはいえ、無情にも気絶している鶴弥の背中を裂いた。

「あそこだ。二軒先、左の屋根」

「おう」

池端の指摘に、志村が走った。

「ちっ」

屋根の上にいた陰蔵の配下が、あわてて背を向けた。

「遅いわ」

志村が脇差を抜くなり投げつけた。

「……やっ」

かわそうとした配下だったが、屋根の上ではうまく飛びあがれず、左足の臑を斬られた。

「わあっ……」

足場の悪いところで、臑を傷つけられてはたまらない。派手な音を立てて、配下が落ちた。

「ぐうう」

受け身を取ることなどできるはずもなく、配下が呻いた。

「やはり陰蔵は用意周到だな。我らが証人を連れて戻ってきたときのことを考えていた。己に繋がる糸は、すべて断ちきるとの意志は、尊敬するに値するな」

気を失った配下を縛りあげながら、池端が感心した。

「尊敬……冗談じゃねえ。己は動かず、他人を遣っているくせに、つごうが悪くなると塵芥《じんかい》のように捨てやがる。陰蔵は……」

志村が吐き捨てた。

「すまぬ。気づかぬことを言った」

池端が詫びた。

「……行こう。あとすこしだ。これが終われば、しばらく吉原に籠もる」

男の鬱憤を受け止めてくれるのは女しかないと志村が述べた。

逃げこんできた巳吉によって、惨敗を知った陰蔵はあっさりと隠れ家を捨てた。

「日吉たちには、教えてないだろうな」

陰蔵が歩きながら巳吉に念を押した。

「もちろんでさ。日吉たちが知っているのは、さっきのしもた屋までで」

巳吉が保証した。

「それにあいつらには、万一のときは品川へ身を隠せと言ってありやす。後を付けられていたとしても、大丈夫で」

「ならいい」

足を速めながら陰蔵が安堵した。

「しかし、竜崎さんがやられるとはねえ」

裾の乱れるのも気にせず、陰蔵の隣を行くお羊が首を左右に振った。

「まったくだ。竜崎は十年以上、生き抜いてきた数少ない遣い手だったのに」

陰蔵も惜しそうな顔をした。

「大弓の梓太郎《あずさたろう》も死んでしまったし……こりゃあ、立て直すのは骨が折れる」

「あたいと巳吉がいやすよ」

お羊が慰めた。

「……………」

それに陰蔵は答えなかった。

「で、親分、どこへ行きやすか。羽田《はねだ》さまの下屋敷が近いですぜ」

巳吉が行き先を問うた。

「羽田か。三千石の旗本の下屋敷なら町方の手出しは受けない……か」

陰蔵が考えた。

町奉行所は武家屋敷と寺社には手出しできなかった。博徒の親分はそれをいいことに、下屋敷の家臣たちを金で操り、賭場を屋敷のなかに設けていた。

「そうしよう。どうせ、しばらくは大人しくしておかねばならぬしの」

陰蔵が巳吉の案を認めた。

「……………」

その後を気配を消した男が付けていた。

咲江を守りきったが、これで終わりではなかった。陰蔵を滅ぼすのはもちろん、それ以上に咲江を狙わせた元凶を片付けないと、永遠に緊張を続けなければならなくなる。

「ご苦労であった」

咲江を播磨屋へ届けた後、北町奉行所へ戻った亨から経緯を聞いた曲淵甲斐守がねぎらいの言葉をかけた。

「陰蔵についてはどうだ」

「明日の朝には、報せるとのことでございました」

播磨屋伊右衛門からの伝言を亨は告げた。

「わかった。かならず捕まえるぞ」

陰蔵は江戸の刺客を差配する。それを捕まえたとなれば、いろいろと敵の多い豪商や役人はほっとする。手柄としてはただの博徒の親分を捕まえたていどでしかないが、その効果は大きい。老中や若年寄《わかどしより》などの要路ともなると刺客に襲われることもなく、襲われたところでまず防げるが、それでも曲淵甲斐守の功績を認めないわけにはいかない。なにせ、老中たちと膝詰めで談判できる豪商たちが、陰蔵を怖れているのだ。

「新しい町奉行さまは、なかなかおやりになられますな」

この一言を老中に告げてもらえるかどうかが、大目付、留守居への道がひらけるかどうかの差を生む。

「ですが、捕り方は……」

町奉行所が動かなければ、捕り物はできない。いかに曲淵甲斐守が町奉行だといったところで、その家臣は捕り方の権を振るえない。内与力だけが十手を持ち、その権能を与えられているが、五人ではまったく話にならなかった。

「大事ない。余に手立てがある」

曲淵甲斐守がうなずいた。

「はい」

主君が言えば、家臣はそれ以上抗弁するべきではない。亨は曲淵甲斐守を信じた。

「ところで、亨。闇の者と付き合ってみて、どうであった」

曲淵甲斐守が亨に訊いた。

「普通の人でありました。そして、箍《たが》の外れた戦人《いくさびと》でございました」

正反対の印象を亨は口にした。

「ふむ」

じっと曲淵甲斐守が、亨の目を見つめた。

「どのように感じた」

「……わたくしが甘いとだけしか言えませぬ」

「それは剣の腕のことか」

瞬きすることなく、曲淵甲斐守が亨の目を覗きこんだ。

「いいえ。人としての生きかた、武士としての有り様でございまする」

なんの努力もせずに、与えられる禄を受け継ぐ。これを当然のことだと思いこんでいた、いや、疑問にさえ思わなかった己を亨は恥じていた。

「よかろう」

曲淵甲斐守が、ようやく亨から目を離した。

「思ったよりも成長できたようだ」

「……畏れ多いことでございまする」

主君の称賛に、亨は頭を垂れた。

「亨、播磨屋伊右衛門と闇の者たち。今後、そなたに一任する」

「わ、わたくしにでございますか」

亨は曲淵甲斐守の指示に驚愕した。

「そうだ。播磨屋も闇の者も、これからきっと余の役に立つ。されど、余が直接相手をするわけにはいかぬ。余が動けば、どうしても目立つであろう。闇はあくまでも闇、決して日の光を当ててはならぬ。春の雪よりも簡単に消えてしまう」

「はあ」

曲淵甲斐守の話に、亨はあいまいな受け答えをするしかなかった。

「竹林か左中居か、どちらが闇と繫がっていたのかは知らぬ。まあ、どちらも今回の後始末でいなくなる。だが、町奉行所は闇とのかかわりを失うわけにはいかぬ。かといって、他の者に受け継がせることはできない。ならば、信用のおける家臣に預けるのがよかろう」

「信用できる……」

主君からそう言われることほど、家臣にとっての誉《ほま》れはなかった。

「よいな」

「わかりましてございまする」

確認するように命じた曲淵甲斐守に、亨は平伏した。

「…………」

曲淵甲斐守が瞑目《めいもく》した。

「殿……」

信用の置ける家臣と言われたばかりである。亨は曲淵甲斐守を奉行ではなく、殿と呼んだ。

「……亨」

曲淵甲斐守が目を開けた。

「ここに余は決意をした。これより戦いを始める」

「戦いでございますか」

亨は緊張した。主君の戦場に供するのが家臣の仕事である。

「余が町奉行所を支配するか、竹林、左中居たちに余が屈するか」

曲淵甲斐守が強い口調になった。

「いよいよ攻勢に出るぞ」

「はっ」

亨が主君の声明に、武者震いをした。

「では、竹林と左中居をここへ連れて参れ」

曲淵甲斐守が、亨に指図した。

「ただちに」

亨が勢いよく立ちあがった。

「どうした、城見」

内詮議所を出てきた亨の顔つきに、山上が驚いた。

「殿の御用でござる」

「……殿の」

山上が顔色を変えた。

「なにがあった」

もう一度山上が問うた。

「お話しできませぬ。急ぎますゆえ」

「待て、城見。儂も曲淵家の臣である。しかも、そなたよりも長く殿にお仕えしている。その儂が知らぬということがあってはなるまい」

「わたくしにお話しする権はございませぬ。殿にお伺いいただきたく」

しつこくつきまとう山上の相手を止めて、亨は町奉行所へと向かった。

「……………」

山上がその後を付けた。

「お邪魔をする」

亨は、なかからの応答を待たずに、いきなり与力控の襖を開けた。

「なんだ、いきなり。いかに内与力どのとはいえ、礼儀はお願いいたしたい」

竹林一栄が亨の態度に、憤った。

「お奉行さまが、お呼びである。ただちに内詮議所へ向かわれよ」

「城見どの」

苦情を無視して用件だけを告げた亨に、竹林一栄が声を荒らげた。

「伝えたぞ」

曲淵甲斐守から開戦と言われた亨は、竹林一栄への敵意を隠さなかった。

「…………」

竹林一栄が亨の変化に口をつぐんだ。

「お、おい」

後ろで見ていた山上が、亨を制しようとした。

「触られるな」

すでに山上は曲淵甲斐守から切られている。亨は厳しく拒んだ。

「えっ……」

山上も呆然とした。

動きの止まった竹林一栄と山上を残して、亨は与力控から年番方の部屋へと移動した。

「御免」

やはり亨は声をかけず、なかからの応答も聞かず、年番方の襖を開けた。

「何者だ。ここは年番方の執務部屋である。許しのない他の者の出入りが禁じられているのだぞ」

襖近くにいた同心が、亨を叱った。年番方は町奉行所の事務方を司《つかさど》る。他に過去の判例などを確かめる例繰《れいく》り方などもあるが、金を扱う年番方こそ町奉行所の事務すべてを支配していた。それだけに他聞を憚るものもあり、年番方以外の入室は厳しく制限されていた。

「左中居どの、お奉行さまのお召しである。ただちに内詮議所まで参られよ」

やはり同心の相手をせず、亨は部屋の奥にいる左中居作吾へ用件を告げた。

「……承知いたしましてござる」

亨の様子を確認した左中居作吾が首肯した。

「では」

亨は背を向けた。

「お待ちあれ。お呼びは拙者だけでござるか」

左中居作吾が問うた。

「竹林どのも同席される」

振り返りもせず亨は答え、そのまま去った。

「…………」

左中居作吾が亨の無礼に沈黙した。

「内与力のあの態度……お奉行は決断されたな。江崎の言うとおりになった」

険しく眉間にしわを寄せた左中居作吾が、呟いた。


町奉行所と役宅を仕切る扉の前で、竹林一栄が左中居作吾を待っていた。

「来たか、左中居」

「竹林どの」

二人は互いの顔を見つめ合った。

「なんだと思う」

「一つしかござるまい」

訊いた竹林一栄に、左中居作吾が首を横に振った。

「成功したと思うか」

「失敗でござろう。さきほどの城見の態度、あれは敗者のものではござらぬ」

甘い観測は止めろと左中居作吾が竹林一栄を諫めた。

「吾妻屋め。金だけ取っておきながらまともな刺客さえ雇えぬとは……」

竹林一栄が吾妻屋を罵《ののし》った。

「今更でござろう。それよりも早くお奉行の要求を聞き、どう対処すべきかを決めるべきでござる」

「行かぬというわけには参らぬか。御用繁多ということで」

急かす左中居作吾に竹林一栄が腰を引いた。

「より後手に回りますぞ」

「後手に回るわけにはいかぬな」

左中居作吾に言われて、竹林一栄がようやく役宅へと足を進めた。

「お呼びと伺いましてございまする」

竹林一栄と左中居作吾が内詮議所下段の間へと足を踏み入れた。

「遅いわ。なにをしていた」

いきなり曲淵甲斐守が怒鳴りつけた。

「突然のお呼び出しで、御用の引き継ぎをいたさねばなりませず」

責任はそちらにあると竹林一栄が反論した。

「ほう、おもしろいことを言う。もし、今、慶安の由井正雪のような謀叛が起こっても、そなたは引き継ぎを重視するのだな」

由井正雪は江戸の町を火の海にし、その混乱に乗じて天下をひっくり返そうとした。そのことを曲淵甲斐守が引き合いに出した。

「それとこれとは……」

「同じじゃ。それともなにか、奉行は緊急といえども、吟味方与力にどういう状況かを報告してからでなければ、召集さえもできぬと」

「…………」

正論に竹林一栄が黙った。

「ふん。浅い奴よ」

「遅れまして申しわけございませぬ」

竹林一栄を侮蔑した曲淵甲斐守に左中居作吾が手を突いて詫びた。

「御用を承りまする」

左中居作吾が平伏したまま、問うた。

「……左中居」

その態度に竹林一栄が不満を見せた。

「陰蔵は失敗した。大坂西町奉行所諸色方筆頭同心西二之介の娘は無事である」

「…………」

曲淵甲斐守に言われた竹林一栄と左中居作吾が沈黙を守った。

「これ以上、言わずともわかろう」

ぐっと曲淵甲斐守が声に力をこめた。

「余に従え」

曲淵甲斐守が降伏を勧告した。

「……なにを仰せかわかりませぬ」

竹林一栄がとぼけた。

「そうか。それならばよい。そなたは敵じゃ」

曲淵甲斐守が断じた。

「敵とは、いかにお奉行といえども無礼でございましょう」

「出ていけ。敵と話をするほど酔狂ではない。亨、追い出せ」

腰を浮かせて反論する竹林一栄に、曲淵甲斐守は冷たく応じた。

「竹林どの」

亨は退出を促した。

「きさま、儂に触れるな。たかが陪臣風情の分際で」

竹林一栄が亨の手を払った。

「今より、奉行所はなにもせぬ。どのようなことがあろうともだ。そして、それによって起こるすべての責は、町奉行たる甲斐守さまにある」

町奉行所が動かなければ、江戸の町は乱れる。その責任は曲淵甲斐守が取らされることになると竹林一栄が言った。

「亨」

曲淵甲斐守がつまみ出せと手を振った。

「竹林どの」

「触るなと言った。ふん、後悔するがいい」

亨を牽制して、竹林一栄が内詮議所を出ていった。

「さて、お前はどうする」

曲淵甲斐守が左中居作吾へと矛先を変えた。

「一つだけ、お伺いしても」

「許す」

「陰蔵の居場所は今もご承知おきなのでございましょうや」

左中居作吾が尋ねた。

「もちろんじゃ」

まだどこに逃げたかの報告はないが、陰蔵の行方は把握されている。曲淵甲斐守が自信を持ってうなずいた。

「…………」

聞き終わった左中居作吾が黙った。

「どうする」

曲淵甲斐守が返答を促した。

「保留とさせていただきたく。年番方は町奉行所全体を動かすためにございまする。年番方が町奉行と敵対して、役目を放棄すれば困るのは与力、同心と訴訟ごとを持ちこむ町人たち」

「今更、なにを申す。今まで儂の指示を無視しておきながら、不利になると仕事を人質に延命をはかるなど許されると思うのか」

正論を盾に拒もうとした左中居作吾を曲淵甲斐守が糾弾した。

「失礼ながら、それは考えの違いでございまする。わたくしはお奉行さまに敵対をいたしたわけではございませぬ。その証拠に、陰蔵を雇う金などの一切は竹林が工面いたし、年番方からは一文も支給いたしておりませぬ。たしかに竹林のすること、早坂、板谷らの行動を止めはいたしませんでしたが、わたくしからなにかを提案したこともなく、手配をいたしてはおりませぬ。なにぶんにも、わたくしは手札を与えた御用聞きを持ちませぬ」

手駒がいないので、なにもできないと左中居作吾が言いわけをした。

例繰り方、年番方のように事務を任とする与力、同心は代々その役目を踏襲してきた。これは勘定を含めた書類の書き方などが特殊であり、長く経験を積まないとなかなか一人前にならないからであった。書類を書く、計算をするだけの仕事に、御用聞きは要らない。年番方や例繰り方は御用聞きをまず抱えていなかった。

「お奉行が勝たれようが、竹林が勝利しようが、町奉行所は変わることなく回らなければなりませぬ。ゆえに年番方はどちらにも与しませぬ」

左中居作吾が主張した。

「下がってよい」

曲淵甲斐守が手を振った。

「御免を」

素直に左中居作吾が下がっていった。

「殿、よろしいのでございますか」

亨は左中居作吾の態度に不満を表明した。

「どちらにも与せぬと言った。その意味がわからぬようでは、まだまだ浅いな」

曲淵甲斐守がため息を吐いた。

「それは……」

亨は戸惑った。

「どちらにも与せぬ。つまり、竹林との決別を告げたのよ、左中居はな」

曲淵甲斐守が語った。

「これで勝ったな。吟味方は花形なれど、町奉行所の主力ではない。人事と金を握る年番方が敵対しないだけでいい。今は敵を増やさぬことと各個撃破が肝心じゃ。一気に町奉行所を制圧しようと手を広げすぎて、山上らの薄くなったところを突かれては戦に負ける」

「はあ」

なかなか亭は納得できなかった。

「わからぬか。今は、陰蔵を利用した戦いの最中だ。これに勝利して、竹林を放逐する。もちろん、それに付いた者どももな。そして、その後、もう一度左中居に問う。そのうえで、中立などと寝言を申すようならば……」

最後まで曲淵甲斐守は言わなかった。

翌朝、陰蔵の行方が曲淵甲斐守と竹林一栄のもとへそれぞれの伝手《つて》を通じて報された。

「お旗本羽田さまの下屋敷へ逃げこんだそうでございまする」

「よくやった。旗本屋敷に町奉行は手出しができぬ。陰蔵さえ捕まらねば、いくらでもやりようはある。まずは、播磨屋を捕まえるぞ。陰蔵の手下たちを殺したのは播磨屋の用心棒たちだ。それを口実にして播磨屋伊右衛門をしょっ引け。あとは責め問いにかけて、適当な罪を自白させろ。奉行は播磨屋伊右衛門の手助けで、我らに戦いを挑んだ。その播磨屋伊右衛門が罪人になれば、奉行の策は根本から崩れる」

「しかし、日本橋の播磨屋ともなりますといきなり捕縛するというわけにも参りません。少なくとも直接陰蔵の手下たちを殺した者を先に捕らえねば……播磨屋と付き合いのある要路の方から横槍が入りまする」

町人でも豪商になると、よほどの証拠でもなければいきなり縄をかけて、大番屋へ連れこむことはできなかった。

「ならば、さっさとそ奴らを捕まえろ。陰蔵の手下で生き残った者に訊けば、誰かわかるだろう。急げ、陰蔵が辛抱できなくなって屋敷から出たら終わりなのは我らだぞ」

躊躇する配下の与力、同心を竹林一栄が急かした。

「旗本の屋敷へ逃げこんだか……」

報告を受けた曲淵甲斐守は、焦りを見せなかった。

「ふむ。これで安心だな。陰蔵はこのまま亀のように籠もって動くまい。あちこち町屋を移動されて、そのたびに居場所を探すよりは楽である」

「しかし、町方は旗本屋敷へ入ることはできませぬが」

江崎羊太郎が曲淵甲斐守に尋ねた。

「入れないなら、入れるようにすればいい」

曲淵甲斐守が腰をあげた。

「亨、供をいたせ」

「どちらに」

亨が行き先を訊いた。

「城中、目付部屋まで参る」

曲淵甲斐守が宣した。

この作品は書き下ろしです。

町奉行内与力奮闘記《まちぶぎょううちよりきふんとうき》五

宣戦《せんせん》の烽《のろし》

上田秀人《うえだひでと》

平成29年9月15日　初版発行

発行人――石原正康
編集人――袖山満一子
発行所――株式会社幻冬舎
〒151-0051東京都渋谷区千駄ヶ谷4-9-7
電話　03(5411)6222(営業)
03(5411)6211(編集)
振替00120-8-767643
印刷・製本―株式会社 光邦
装丁者――高橋雅之

幻冬舎時代小説文庫

ISBN978-4-344-42647-4　C0193　う-8-14

幻冬舎ホームページアドレス　http://www.gentosha.co.jp/
この本に関するご意見・ご感想をメールでお寄せいただく場合は、
comment@gentosha.co.jpまで。